绝尘之旅

张彬彬母子尼泊尔雪山徒步纪行

张彬彬 ◎ 著

刘知多 ◎ 摄

长春出版社

全国百佳图书出版单位

图书在版编目（CIP）数据

绝尘之旅：张彬彬母子尼泊尔雪山徒步纪行 / 张彬
彬著；刘知多摄. -- 长春：长春出版社, 2025. 1.
ISBN 978-7-5445-7568-3

Ⅰ. I267.4；J421

中国国家版本馆CIP数据核字第2024MH5080号

绝尘之旅——张彬彬母子尼泊尔雪山徒步纪行

著　　者　张彬彬
摄　　影　刘知多
责任编辑　孙振波
封面设计　宁荣刚

出版发行　长春出版社
总 编 室　0431-88563443
市场营销　0431-88561180
网络营销　0431-88587345
地　　址　吉林省长春市南关区长春大街309号
邮　　编　130041
网　　址　www.cccbs.net

制　　版　长春出版社美术设计制作中心
印　　刷　长春天行健印刷有限公司

开　　本　880mm×1230mm　1/32
字　　数　175千字
印　　张　10.125
版　　次　2025年1月第1版
印　　次　2025年1月第1次印刷
定　　价　59.80元

序

这个视频太精彩了!

剪辑得太凝练了!

这样去为一个视频短片点赞,实在是出于无法抑制的惊奇、惊喜、惊叹!短短的 5 分钟,给我的震撼是"五雷轰顶"。不仅仅是因为片子再现了我和儿子徒步尼泊尔雪山的一幕幕,也不仅仅因为这是我的儿子刘知多摄制的,更主要的是我看到了儿子正在茁壮成长。

我说的容易带有感情色彩,著名节目主持人亦兵说的似乎更有力度。他这么评价:这是一个很有激情,也很懂徒步越野的编辑高手制作的视频。非常棒!大大地赞一个。素材搜集、段落剪辑、氛围描述、拍摄设备、配乐和同期声的使用等方面无不表现出制作人的艺术修养和文化底蕴。

儿子,我生命的分枝。我拒绝平庸,儿子更不凡,生命更出彩。

当然,这么夸孩子,在别人看来可能有点儿不妥,万一滋长了傲气呢?

　　然而，我从来不喜欢隐讳自己的观点，只能这么直白地表达。相信吾儿正在走向成熟，定力是有的，胸怀是有的。谁若表扬，他一笑置之，化成动力；谁若批评，他也不会反感，啄木鸟会使大树更健壮。

　　还是打住，按顺序说：

　　凌晨，朦朦胧胧中抓起手机，习惯性地看一眼甲泽多吉（吾儿网名）的微信，儿子在外地创业，这成了我睁开眼睛的第一个规定动作。

　　这一看不要紧，我心头一震，瞪大眼睛，睡意全无，激灵一下精神起来——儿子发布了一个尼泊尔徒步微视频。

　　点开视频，精彩的画面扑来，异国的乐曲响起，那是我们走过的雪山啊，那是我们抵达的冰湖啊，那是我们在雪山顶上看到的日照金山啊……我陶醉了！陷落了！像火山喷发，像八级地震，我呆呆地看着，整整循环看了两个小时！没错，这是个只有五分钟的微视频，看了一遍又一遍，那一幕幕画面将我带回尼泊尔雪山徒步的一个个白天、一个个夜晚。乘着大篷车、顶着大雪逆风而行、上山下山、高山峡谷、冰湖奇观、日照金山、穿越怪树林、冰瀑沉闷的坍塌声、客栈围炉取暖、廉价的背夫、翻越 5416 米的垭口……那徒步的每一天都过电影似的展现在眼前……我的眼睛始终是模糊的，要不断地拭去眼角的泪水。

　　那是吾儿背负重装，在雪山边徒步边拍的。高海拔走路都困难，手冻得都伸不出来，他还坚持拍摄，这是心血和意志的结晶。

　　还等什么？立即转发！

静悄悄的黎明，在朋友圈扔进了一颗炸弹。小视频，大威力，如同亚马孙雨林一只蝴蝶翅膀的偶尔振动、两周后引起美国德克萨斯州的一场龙卷风一样，引发刷屏潮、好评潮、转发潮。

我忽然感到，视频的影响力远远超过文图。看来这个时代真的是为年轻人准备的，他们总是用最鲜活的新玩意与时代接轨。

尼泊尔雪山徒步归来，我的手已变成了鹰爪，又黑又瘦；我的脸颊升起两片高原红，又丑又皱；我的头发像干草，又涩又枯。高海拔的毒日将我本已老朽的颜值降到最低点。本想深居简出，免得自惭的形象吓着朋友，可又何尝雪藏得住？紧随而来的"接风"潮，大举的、小众的，如大珠小珠落玉盘。

天啊，我也被这阵势镇住了，难道我所经历的真的那么令人惊叹感动？真的那么令人血脉偾张心潮激荡？我的生命中究竟发生了什么？仿佛仍处在如梦如幻之中，那一切真的都是真的吗？

我每天都陶醉在被"接风"的得意快乐中，享受着历经艰险之后当"英雄"的美妙，彻底放松了心情，像云在自由地飘，像风在随意地拂，整个人都轻盈盈、飘逸逸了。而吾儿像奔腾的溪流，不舍昼夜地向前跑着，完成了尼泊尔之行的微视频制作。

吾儿已做表率，我还沉湎什么？还不紧赶慢撵地跟上，就像在雪山徒步一样。无论多么享受的美事，都该收敛了，我的笔，走起。

书的名字想了几个：我从雪山来，母子雪山行，雪山三剑客，暴走尼泊尔……可都觉得不够劲儿。最后定格：绝尘之旅。

因为我所经历的一切，如佛陀一般祥和，如时光般宁静，如冰雪般无瑕。艰辛是有的，险象是环生的，然而，我的内心最终都是归于大自在、大快乐。那一切经历都撼动不了我那颗火热的心，反而将她洗涤得清澈如镜。走在这条路上，如同走在修行的路上。正所谓："菩提本无树，明镜亦非台，本来无一物，何处惹尘埃？"书名用"绝尘之旅"，再贴切不过了。

目　录

与吾儿同行

2017、2018 年之交，我和吾儿多多一起奔赴尼泊尔喜马拉雅山脉。我们往返共 27 天，其中连续纯粹徒步 16 天，行程 324 公里，累计爬升 17124 米，翻越了海拔 5416 米的陀龙垭口（比 5200 米的珠峰大本营还高出 216 米）。穿越世界十大徒步线路之首的 ACT（Annapurna Gircuit Trek，安纳普尔纳大环线），穿越世界最美的 ABC（Annapurna Base Camp，安纳普尔纳大本营）徒步线，另加两条短线：世界海拔最高的冰湖和布恩山的日照金山。这么短的时间，我们走了别人一个月都走不完的高山峡谷，每天都在刷新行进纪录。我们不断地让各国徒步者惊叹，他们对我的儿子，也对我这个阿姨级别的中国女性竖起了大拇指。

徒步 ACT，堪称一个壮举。

ACT 是 Annapurna Circuit Trek 的缩写，Annapurna（安纳普尔纳峰）是 20 世纪登山黄金年代的一个里程碑，是第一座有人登顶的 8000 米级雪山。1950 年法国人率先登顶，登顶虽然成功了，但两位冒险家截掉了冻伤的手和腿。这不算惨重，据统计，登这座山的 106 人中有 54 人葬身冰川。勇敢的人们前仆后继，继续向高峰攀登。

人在有重大举动时，喜欢拉大旗作虎皮，我也不能免俗，总想增加行动的附加值，弄出点惊天动地的效果。我这次徒步的线路，是公认的世界上最刺激且风景最壮丽的雪山线路。

可以说，这是我这辈子最大的一次冒险。以前是探险，这次是冒险，因为不知道前方坑有多深。联想到法国登山家的那声号角，更觉壮怀激烈气血飞扬了。

关于生命，有人活长度，有人活宽度，而我呢？活高度！

此行的发起者是我的儿子刘知多，当他做出决定时，问我：去不去？

我高兴，因为儿子懂我，知我所好。但也有几分惊讶，徒个步呗，这么大个中国还不够撒欢的吗？非要乘飞机、坐火车，千山万水地跑到国外呢？

　　他在电话那一端一字一句、有板有眼地向我讲述，我从声音里已经感到儿子的神采飞扬了；不一会儿，我也跟着兴奋起来了。

　　尼泊尔是一个神秘、美丽而又贫穷的地方。珠穆朗玛峰北坡在中国，南坡在尼泊尔。

　　尼泊尔是古代印度通往西藏的必经之路，早在唐代，尼泊尔公主就来到西藏，嫁给了西藏赞普松赞干布。两国不仅经贸往来频繁，宗教关系也十分密切，至今尼泊尔境内还保留了许多著名的藏传佛教寺院。

　　最独特的是，喜马拉雅山脉包含了地球上最年轻和最伟岸的山体，目前仍在缓慢抬升之中。在这条巨型山脉上有 14 座海拔超过 8000 米的高峰（尼泊尔就拥有 8 座），还拥有 6000 米以上的山峰 200 多座。

20 世纪 50 年代之前，这个神秘的喜马拉雅王国一直对外界封闭，世界各国从 20 世纪 20 年代开始的攀登珠峰活动都是从我国西藏一侧发起的。

到了 1955 年（很巧，这正是我出生的那一年），托马斯·库克首次游历加德满都，沉睡中的尼泊尔仿佛才揉着惺忪的眼睛，颠顸地醒来了。

接待旅行队伍的人叫利萨涅维奇，他是白俄罗斯人，经营着尼泊尔唯一一家西式旅馆。来自西方的游客看啥都新鲜，购物时还讨价还价，搅起了市场的活力。

尼泊尔国王马亨德拉意识到其中潜在的巨大商机，英明地认定，开放旅游业是达成国富民强的良好途径。到目前为止，旅游业仍是尼泊尔最主要的外汇收入来源。

利萨涅维奇通常被认为是尼泊尔旅游业之父。

不过首先组织徒步运动的则是科洛内尔·吉米·罗伯茨。1964 年，罗伯茨带领一个美国旅游团进行了短程徒步，有背夫参与，并携带了帐篷等一切登山装备。这基本就是团队徒步的雏形，跟现在所能看到的相差无几。

这些徒步路线从有人定居时起就已经存在。例如，沿卡利甘达基河谷的路线就是古老的贸易路线，连接我国西藏。商人们驱赶驮着货物的马队驴队，在茶馆饱餐，在客店歇息。崇尚节俭的旅行者在 20 世纪 60 年代继承了这种方式。如今，这也是大多数游客所采用的徒步旅行方式。

此行多多选择的徒步路线为喜马拉雅山脉景色最美的中段——有名的安纳普尔纳大环线，这是美国国家地理评选的世界十大徒步线路排在第一位的地方。

从海拔 800 米左右的博卡拉（Pokhara），一步步上升到海拔 5416 米的陀龙垭口（Thorong-la pass），海拔落差很大，一路上的植被种类非常丰富。从平原的阔叶林到高海拔的高山草甸，再到寸草不生的垭口、美艳绝伦的雪山，还有那蓝得令人目眩的高山湖泊，以及荒漠和干热河谷，我们几乎能将尼泊尔各种地貌走个遍。一路上还能看到许多各具特色的小村子和各个民

族的居民。

除此之外，此行还将走一条 ABC 小环线，一路有鱼尾峰相伴，能观看 360 度无死角的雪山，体验被雪山拥抱的感觉。最吸引人的是，美艳绝伦的雪山，能一步步靠近、亲近和仰视。海拔 8000 米以上的雪山 3 座，7000 米以上的雪峰 7 座，还有无数座海拔五六千米以上的巍峨雪山。ACT 大环线 +ABC 小环线，全程预计 20 多天完成。每天都会带给我意想不到的惊喜！

儿子是高仓健式的风格，轻易不多言，可这次一下聊了两个多小时。我这边听得张口结舌，坐立不安，握着手机在房间里走来走去。

要玩就玩顶尖的，要玩就玩最精彩的。玩徒步，也要玩出个名堂。这一点，我和儿子的想法超一致。徒步雪山，这是我人生不曾触碰的全陌生领域，还有什么比这更吸引我呢？

我若早知道地球上有这么好玩
儿的地方，早就会坐不住的。人生
在世，不可能穷尽地球上的所有美
景，可择其最美的、最独特的看一看，
知道自己来到的地球是个什么模样，
总是没白来地球走一回嘛。

吾儿对母亲的兴趣了如指掌，
所以约我同行。

我何尝不想去？可是，我竟然
"卡"住了。

ACT+ABC，这是一次超越自我的徒步。

我和儿子都曾多次进藏，儿子爬过西藏未曾开发的野冰川，
我穿越过世界上海拔最高、唯一连成片的罗布泊、阿尔金山、
可可西里、羌塘草原四大无人区。

但以往的探险旅行都是驾车行。

而这次，是将自己扔进亿年不化的雪山冰川，用双脚一步
步地聆听雪山的空谷回音，并且不是一群人，而是只有我们母子。
世界各地的徒步者，90%雇佣当地的向导和背夫，能这样走下来，
也很了不起了。

然而，刘知多主张，咱们都是马拉松选手，要走就走"彻底"：
不雇向导，自背行囊，越野速度！

真乃吾儿，像一匹狂野不驯的小烈马，满世界地撒欢，不
仅仅像我，而且远远超过了我！

我的担心也由此产生：担心从来未曾负重徒步的我能否吃

得消？担心没有向导会不会走冤枉路误入歧途？这次的海拔比我去过的 5200 米的珠峰大本营还高出 216 米，在不断爬升中高原缺氧不仅会气喘如牛，尤其可怕的是寒风刺骨，一旦停下来瞬间身体失温，那可是要命的啊！谁能知道在翻过亿万年雪山中会不会遇到雪崩、非常天气等预料不到的危险呢？过冰川要穿冰爪，我能不能习惯？儿子 28 岁正当年，我这个 62 岁的"老顽童"，会不会成为儿子的累赘？

　　另外据我网上查阅的资料，结论是，11 月末至 3 月初不适合雪山徒步。这段时间，冰天雪地，气候极寒，大雪封山，令人望而生畏。尤其是 ACT 大环线的许多当地的尼泊尔人，都纷纷撤离高海拔地区，转移到海拔低的地段。途经的小山村都空城了，到哪里吃？到哪里住？

　　担心是有的，但渴望也很强烈。穿越没有人烟的古道，艰苦与危险都是存在的。如果错过这次机会，今生我能否再去雪山徒步，就很渺茫了。

　　儿子对我蛮有信心。他说，你都去过珠峰大本营，还有可可西里、阿尔金山等无人区，高原缺氧你都能克服，其他还算问题吗。

　　从那天起，我家的邮件开始多起来，来自中国香港的、深圳的，还有来自美国的，都是儿子为我选购或者他亲自购置的登山装备。小鹰牌的登山包、高山雪镜、轻便的羽绒睡袋、轻便的鸭绒服、羊绒速干保暖内衣、1.5 升保温杯、专业登山鞋、两面胶冲锋裤、护腿、百变巾、羊毛帽、袜子、防晒霜、修复霜、登山杖等，每一样都质量上乘。他说，这个钱不能省，这是保命的。

顺丰快递、圆通快递、韵达快递，快递员都跟我混熟了，问：阿姨，你真时尚，总网购，比年轻人的邮件还多呢！

从前觉得吾儿是来讨债的，我上辈子一定是欠了他的，现在来个180度的大反转，吾儿是来报恩的。

我不断地享受着拆邮件、试装备带来的喜悦。常常对着试衣镜，忍不住被自己的模样笑出声来。

看着镜子中别样的我，突然发现，自己真的是个"另类"，别人都是循规蹈矩、按部就班地活着，而我竟然倒着活。

44岁开始探险，从罗布泊起步，骑着骆驼到塔克拉玛干沙漠寻找古河道；驾车穿越西藏的青藏线、川藏线、滇藏线、新藏线；踏浪尚未开发旅游的西沙群岛；母子单车横跨欧亚大陆；到土耳其、乌克兰、东南亚各国驾车行；独行人人望而生畏的伊朗。从地球最顶端的北极，到地球最底端的南极，条条经纬编织着我的生命线。

61岁，我在儿子的鼓励下开始跑马拉松。当年9月17日在北京，多多带我跑了我人生的首次马拉松，儿子为我当"私兔"，获得世界顶级的波士顿马拉松直通车的资格。因为多多的

引导教练，我加了大运动量，不光跑起了马拉松，这又要去喜马拉雅山徒步，挑战的是又一个"极限运动"。

能与我搭伴的人，年龄直线下降，同龄人落木萧萧，都回家养老抱孙子去了。这次是28岁的儿子与我同行。咋样？逆天了，我真的是越活越年轻！

我和儿子曾经在他读大学二年级的时候，驾驶一辆新宝来轿车，无向导、无后援、凭着一张地图，横跨欧亚大陆，又乘船直抵北极。当年被新浪网评为新生活主义代表人物。我们还一起以金牌体验官的名义到美洲的加勒比海，驾车环游美国的"南极"佛罗里达州。

我和儿子都是马拉松的赛手，体能意志力都是非凡的。在尼泊尔雪山徒步的日子里，我们将每天与高原雪山为伴，见识地球上各种艰险困苦的同时，领略不同的风景，感受不同的心情，收获不同的感动。

未知在等待，远山在召唤。

也许我的生命就是用来拼的,爱拼才有美丽,等待没有辉煌。我义无反顾地决定:跟着儿子,出发!

微信照搬

袁健雄:非常精彩,活出高度! 佩服至极! 多多了不起!

冯胡兰:多多太棒了! 小片做得太好了! 还有极富特点的配乐和尼泊尔风情。速速转发传播!

陈桂杰:才女母亲的儿子一定是才子啊!

李倩:很多人活了一生最终会被归结为某类人,而你,却永远是独一无二的! 不圈于女子探险队队长、金牌体验官等称号,远远超越了能命名的多彩与丰富。走进罗布泊无人区、驾车横跨欧亚大陆、挺进北极、南极探险,在 61 岁开启徒步、跑马的运动模式,参加世界顶级的波士顿国际马拉松赛。你活力四射的躯体同知性的明晰、情感的活跃、思想的自

由，以及行为的庄重联结在一起，给予了同时代人所需要的东西，而不仅仅是我们所赞赏的东西！看了多多制作的这个极其专业的录影，我感受到了你说在海拔四千多米面对雪山时为何泪流不止！真为你有这样一个陪你自驾去北极，陪你徒步探险，陪你去跑马拉松，和你一起享受经历、挑战过程的儿子而感到骄傲！这是何等幸福啊！是你们母子让我愈加明晰，格局与胸怀足够大，一切皆有可能……

国民女神

我一直是谦恭低调的人。无论多么大的举动我都喜欢悄无声息地进行，那样会减少情绪的波动，免得被各种好心的规劝左右，少费口舌去解释，免受感情潮水的冲击。待到众人给我鲜花和掌声的时候，就是我凯旋的时候。

这一次雪山徒步，可谓我人生中的一场大战，更不想泄露"天机"，惊扰朋友。可是不知怎么，还是被细心的"诤友党"察觉。我以各种借口，一拖再拖，在"劫"难"逃"的是那个饯行酒会，此时此刻那情景仍历历在目。

我的诤友们竞相争办，最后"花落"祝红，不是因为"女士优先"，而是因为她姓祝，祝福之意，图个吉利。小红悄声告诉我，"名义给我，掏钱的、操办的，还有那西班牙红酒，咱这买不到，都没我事儿"。我有点儿懵圈，渐渐才弄清了奥妙（这里省略100字）。的确，就连主持人小红都没抢上槽。大家有点兵荒马乱的感觉。不知是谁，开板便提议：彬彬已经站在一条新的起跑线上，马上要去冲刺她人生新的巅峰，担心、劝阻之

类都免谈，咱们今天只有为她祝福、给她鼓劲的份，让她好好去，平安回，回来要举行接风宴。今儿个要放开，咱们要喝出哥们儿、姐们儿的真情，喝出人类的本性，喝出女人的柔情蜜意，喝出男人的"气血飞扬"（这是群主获得长白山文学奖的长篇小说名）！

我的心情怎么形容呢？比"神六"上天还激动，比竞选美国总统都兴奋。这不是官方的聚会，不是应酬的聚会，而是个个发乎心，人人出于情的聚会。主题仅一个，就是为我的尼泊尔雪山徒步钱行，我是聚会的主角，我的幸福是加倍的。

说是不担心，谁能不担心？安全第一，几乎每个人都重复地千叮咛万嘱咐。的确，成熟的徒步路线，不意味着保险。这种徒步不是谁都敢尝试的，危险与意外像魔鬼，随时都在窥视着敢来敲门的勇士。我们徒步路遇一个印度小伙，第二天他就不堪重负，遗憾地撤退了；翻越陀龙垭口时，听说一个月前有一位日本徒步者坠崖身亡；还有一位与我们同一天冲顶的年轻女子，下山时因高原缺氧在半路睡着了，幸亏被好心的韩国青年发现，不顾高原缺氧，回去寻找，才使她幸免于难。假如你没有良好的体能训练，没有足够的坚韧和勇敢，是绝对不敢前去朝圣的。

这些都是后话。

兄弟姐妹们都是著作等身的才子才女，他们有备而来，个个都带着"催泪弹"，每人一句祝福的话，就差我没被眼中的热泪淹着了。

宴会高潮迭起，沉稳的观澜竟然独出心裁，提议大家一起举杯，同声说一句祝词："国民女神，我们爱你！"

我顿时哑然，那句话，有着足够的冲力、足够的温馨、足够的爱意，在我的心头隆隆滚过，我听到琴弦震颤的声音，听到花开的声音，听到江河激荡的声音。每个人都醉了，不是因为酒，而是情。国民女神，我不敢当，那是派给女明星们的头衔。

可朋友们说，她们有的只是一张漂亮的脸蛋，咱们彬彬却有着美丽的灵魂。

我不能不这么理解，大家爱我到了不知如何表达才好的程度。好！那我就收下了，把范围缩小到咱们圈子，我是圈子里的女神。

我拍着我的心窝说，我要把这个称呼藏在这里，我的心灵是最好的保险箱，不能扩散，因为万一别人不理解，变味了咋办？我要不辜负兄弟姐妹们对我的加封，让她化作我的动能和力量的源泉，保佑我无往而不胜。我相信经过雪山洗礼的我，会更出色！

微信照搬

李谦：当得起男人的神女，当得起女人的女神。壮哉，人生当如张彬彬！

珠穆朗玛：彬彬非凡女性，我无限敬佩，你的尼泊尔徒步，震撼所有知情者。带给我们雄浑壮阔的风景、天堂圣殿的图画；天籁之音，异域风情，艰难险阻，无往不胜。母子共享征服之伟大，共享跋涉之快乐！谢谢甲泽多吉尼泊尔徒步振奋人心的片子！

晓雷：甲泽多吉的尼泊尔徒步微视频作证：珠峰南麓四季闪幻，跑者脚下峰回路转，蓝白绿金雄奇壮观，徒步险旅凯歌唱赞……

观光飞机

就在一周前，多多刚刚跑完香港 100 公里山地越野赛。就在昨天，多多又完成深圳国际马拉松赛。近一个多月，他跑了两个"100KM"山地越野，还跑了 3 个全程马拉松：松山湖、南山、香港。11 月跑量 371km，获得当月跑团跑量第一名。如此联排的大剂量极限运动，得消耗多少体能？

马上又要去雪山徒步，多多连口气都没喘，是不是有点儿太劳顿啊？

我此时的感觉，如同我与多多对弈，还没开板，他先让我"2车 2 炮"，我俩体能不在一个起跑线啊！

我从长春出发，多多从深圳出发，我们在昆明机场汇合，然后一起飞往加德满都。

一大早弟妹凤珍赶来，特意送来亲手包的饺子，她的理由是："不是说，出门的饺子，归来的面嘛，不吃饺子怎么行？"北方的饺子形似金元宝，古时出门的人多是做生意，蕴含祝福发财、

一切顺利之意。

午间，瑞瑞夫妇一定在饭店安排饯行，说是这样才有仪式感。

小弟欣欣开车送我上飞机。

带着老妈依依不舍的目光，带着与我形影不离的喵星人 NIO 恋恋的眼神，我走了，谁还能天天抱着你？

朋友们仍然没消停，好像送行聚会的酒劲儿仍没过去。我在天上飞，他们在地上撒红包，祝福的红包雨下起来没完没了。我发红包答谢，还引来龙哥的诗情：彬姐发红包，一路凯歌高。雪域徒步行，兄妹好骄傲。平安归来时，举杯再逍遥……

老 K 像啰唆的老妈妈似的嘱咐：平安！理性！快乐！没人会为冒险买单，量力而行，身体毕竟不是机器，旅行真谛乃乘兴而行，兴尽而返，何必见"戴"——何必为完成一个目标备受煎熬、拖垮自己呢？

老 K 在为我打退堂鼓找理论根据呢。东晋大书法家王羲之的儿子王徽之生性高傲不拘，辞官隐居在山阴，饮酒吟诗。在一个雪后月夜里，他喝酒赏景觉得少了琴声，就命仆人开船连夜赶往戴逵处，拂晓时却说自己只是兴起才来，现在兴致没了就该回去。我回复老 K：言之有理，我有时洒脱，有时随性，也有时冲动，这次多多掌舵，他还是挺理性的。

老上级玲斋嘱我:山高路险,注意安全,量力而行,适可而止。

我回复:请放心,你的兵依然特别能战斗。

祝福的话千言万语,一颗颗心与我一起飞翔。

晚间入住昆明长水机场附近的华天酒店，我在网上订到每天只有一间的优惠商务房，才 138 元。房间宽敞明亮，双人大床，其他设备一一俱全，太超值了。人若好运当头，想不占便宜都不成。

次日到机场，看到又是仨月不见的多多，高挑的个头，匀称的身材，运动装束，更精神更酷了。难道我们母子的相聚只能在路上吗？年初我带老妈驾车游海南，与在深圳的多多会合，一起去海南过大年。之后就是今年 9 月 17 日北京一起跑马拉松。

午间在昆明机场就餐，餐厅的人很多，吃的套餐，价格较高。

多多帮我重新整理登山背囊。他拿出新买的装备，两个雪镜，戴上真的好酷；两个新的羽绒睡袋，超轻、柔软。两个保温杯，我的是 1.5 升的。这些装备都是专业户外品牌，实用、好用、耐用。

14 点 35 分，国际航班起飞。15 点 35 分抵达加德满都机场（尼泊尔时间，比北京时间提前 2 小时 15 分）。

令人惊奇兴奋的是，飞机还差三四十分落地时，窗外连绵的雪峰像巨幅画卷，缓缓地在我们眼前掠过，不由地感叹：简直是坐着飞机观光哦。

快看飞机右侧，长龙一样的雪山尖冒出洁白的云层。

多多说，那座一定是珠穆朗玛峰！

哦，的确最高，我兴奋得目不转睛。

可渐渐发现，其他雪峰也不比她矮。对了，世界 8000 米以上高峰，尼泊尔独占或与邻国共占的有 8 座，她们都列阵耸立在此。

悉心地数一数吧，可怎么数得清？因为千八百米的差距肉眼是无法分辨清楚的。清楚的只有一件事，这是喜马拉雅山脉，是世界上最年轻最高大的山系，山峰平均海拔 6000 米以上，可谓雪山林立，万山丛生。作为国界的珠穆朗玛峰海拔 8848.13 米，雄踞世界之巅，昂首俯视群山。

历史上珠峰的归属曾有争议，中国有中国的说法，尼泊尔有尼泊尔的说法。毛泽东主席在接见率团前来谈判的尼泊尔首相时说，这个山峰给你们，我们感情上过不去，全给我们，你们感情上也过不去。可以一半一半，山南边归你们，山北边归我们。这个山峰可以改名为"中尼友谊峰"。于是中尼双方于 1961 年 10 月 5 日签订了边境条约，确定了峰顶南部归属尼泊尔管辖，峰顶北部归中国管辖。

蓝天衬托着雪白的群峰，在阳光下闪闪发光。一座座山峰

骨感威武，傲视苍穹，犹如仗剑天涯的卫士，守卫着地球的雄风，都那么霸气，那么磅礴！

　　然而，我还是非常渴望着认出哪一座是我们要徒步的安纳普尔纳峰呢。

　　哪一座都那么宏伟奇拔，哪一座都那么稳重坚挺，要想分辨出最美丽的那座山峰，完全是徒劳的。

　　飞机开始下降，白色的山脊上升了，绿色的山脊从云层里冒出尖尖角，白云趴在连绵的群山肩头，云层下面藏着一道道山岭、一片片热带雨林、一层层梯田、一条条河流。

　　机身倾斜了，雪山、绿山、田园、都立起来，像一幅曼妙恢宏的山水画卷，太壮观了。机舱里拍摄的咔咔声不断，我心痒手痒，可飞机不落地不能用手机呀，那画只能定格在我心里，自己独享了。

　　飞机平稳落地，地面温度 18 摄氏度。

机场太小了，就像咱中国的小城市的火车站，甚至还不如。楼体竟然是红色的砖砌成的，怎么也该贴个面呀。但不一样的是，能够看到远处的雪山，那锯齿一样的群峰在阳光下闪闪烁烁。这是再高档气派的机场也不容易拥有的。

闻到尼泊尔雪山的气息了，机场墙上的壁画都是千姿百态的雪山图片。来来往往的人流，满眼都是外国人，很多人背着登山包，还有的背着摄影包、三脚架，估计与我们都是同样的目的。

仿佛孙悟空，一个跟头十万八千里，我和儿子整个地脱离常轨，远远地抛开了繁闹的都市，抛开了庸常的事物，忘掉了自己身居何处，开启了新鲜而陌生的高山徒步模式。

入境签证大厅很大，一根根方柱子是彩色的，上面镶嵌着玻璃花纹，很有尼泊尔特色。

办落地签由儿子包办，再不会出现我独行伊朗时的尴尬了。我感到迈出国门后少有的轻松。最高兴的是，中国人签证不收费，填两张表，交一张照片，过海关就完活。看看其他国家的人还得掏腰包，每个中国人的脸上都洋溢着微笑。

机场就可打出租车。我们直奔市中心最繁华的泰米尔区，那里是加德满都的商业区，被誉为购物天堂。儿子在国内已预订好宾馆。出租车收费 7 美元。

想不到作为一国之都的城市，路况如此差，公交车、摩托车、手推车、地摊，乱糟糟一片，车流、人流、物流，堵得水泄不通，也没见到交警疏通，到住地用了近两小时。

进入加德满都，马上就会感到这里的登山氛围。走在街上，到处是户外运动装束的男男女女。户外用品商店一家挨着一家。背着行囊一进宾馆，就有尼泊尔人追上来，问我们是否雇登山向导。

入住的地方是小二楼。宾馆的大厅门口，就是一家旅行社，摆满了琳琅满目的旅游资料，上面的热气球、汽艇、丛林穿越等项目，都很吸人眼球。

放下行囊，我们去街上。多多曾经两次到这里旅行，对这里轻车熟路，七转八转竟然找到他从前曾经来过的一个成都饭店。一走进门，饭店的老板夫妇就迎上来，竟然一眼认出多多，就像见到家人一样，又惊又喜，非常热情。满街兑换人民币比率都 1∶15，老板娘兑给多多 1∶16。

我们在此晚餐，浓浓的家乡味道，牛肉土豆、宫保鸡丁、鸡蛋柿子、青麦菜，四个菜，才 1500 尼币（不到 100 元人民币）。

餐后，我们上街买电话卡。1G 流量的，每卡 950 尼币，合

人民币 60 元。我们买了两张，一个月内都好使。这回联络方便了。有趣的是买卡需要办手续，要填一张铅印的表，还要签名，再用印泥按上左右两个拇指印。

我们又买了一些水果和 4 大瓶矿泉水。多多了解到，这里的饮用水过滤消毒不是很彻底，我们可不想有什么闪失，万一真的喝坏肚子，不是耽误我们徒步的大事了吗？

看着满街店铺灯火通明，很有诱惑力的，却不敢恋战，因为多多昨天刚跑完全程马拉松，今天又乘一天飞机，必须早点儿休息了。其实，时间已不早了，已近 22 点钟。

废墟上的战前准备

11 年前我和另外 4 个驴友自驾完成川藏线、新藏线大穿越。曾从西藏的樟木口岸进入尼泊尔，租了一辆蓝剑越野车，直奔尼泊尔首都加德满都。这座拥有 1000 多年历史的古老城市给我留下神秘而美好的印象，满眼所见皆是古色古香的建筑，各种不同的印度教与佛教融合的寺庙、雕梁画栋的古老皇宫和到处矗立的神像，以及上面精美的木石雕刻、高大粗壮的古木、穿着各种各样服装的当地人、僧人、各国人，总是有人微笑着对你说 Namaste（您好）。

尼泊尔曾经是隅居世界东部喜马拉雅山脉的封闭国家，后来欧美追求 inner peace（内心平静）的灵修人士来了，随后不久日本的旅行者也来了，再后来全世界旅行者都来了。加德满都作为尼泊尔的老都城，面对突然蜂拥而至的人流措手不及，"泰米尔区"作为游客区，像是被匆忙划出来的，道路狭窄，建筑拥挤。这种拥挤给人一种热闹、原始的味道。

这是一个全民信仰宗教的国度，有人形容说，屋有多少，

庙就有多少；人有多少，神就有多少。全国性的节日很多，加上宗教节日，一年365天，节日达到300多个。无论任何时候，只要你到尼泊尔，都能赶上各类多姿多彩的节日活动。

特别有印象的是在杜巴广场上漫步，地面铺的石板或地砖都被岁月磨得光滑了，这里囊括了尼泊尔16世纪至19世纪的古迹建筑，广场上总共有五十座以上的寺庙和宫殿。走着走着，载歌载舞的人群会突然从人潮中涌现，无论男人女人，印堂上都点着一颗象征吉利的大红点，都穿着色彩鲜艳的民族服装，鼓乐齐鸣，投入地唱着，尽情地跳着。还有很多脸上涂满油彩的人，头上顶着各种水果或者脖子上挂个食品箱，在人群中穿梭叫卖。还能见到庙堂台阶、祭祀的地方坐着的苦行僧，他们

穿戴黄袍，脸上涂得五颜六色，当你经过那里突然望到，心中多少有点儿惊怵的感觉。

到处梵音袅袅、香烟缭绕，一派自由祥和的佛国境地。

得天独厚的地理环境，气候宜人，终年阳光灿烂，绿树葱郁，鲜花盛开，令这里成为世界闻名的游览胜地。

2015年4月25日，宁静和谐的一切被打破了。尼泊尔发生8.1级强烈地震，近万人丧生，很多重要的历史遗迹毁于一旦。

消息传来，吾心锥痛，翻阅曾经的留影，看着那些独特的宗教建筑，就像自己远方亲人的庭院被毁坏了一样，禁不住扼腕叹息。都说苍天有眼，可是佛祖怎么没看看生活在这片净土上的子民呢?这里的人们都是有信仰的啊，为什么要震这里呢?!

时光流转，地震后一年半的今天，我来啦! 还有多少遗存?

重建得如何？明知很多建筑毁得惨不忍睹，可残缺了也是掩藏不住的美，多想再次拜会这神秘的国度。

这次徒步尼泊尔，满足了我的心愿。

今天任务有三：1. 办理两证：登山证、环保证。2. 补充装备。3. 到汽车站购买明天出发进山的车票。

办证要到加德满都旅游管理局。一早我和多多便出发了。

走在这片留下美好记忆的土地，目光所至，满目疮痍。废弃的房屋、在建的寺庙，地上堆着乱石、沙子，空中是乱麻一样的电线，街道变得很窄，路面坑坑洼洼，小汽车、三轮车、摩托车、行人、小贩挤在一起。路上的车开得极其缓慢，有时车身几乎与人擦身，当你被碰到了，一扭头，车紧挨着你，吓你一跳。

　　整座城市像个大工地。

　　走过很多拥挤不堪的小路，过了两座天桥，路过一个好大的运动场，之后看到一个花木葱茏而又整洁的大院落，一猜就是政府机构。

办公大楼里静悄悄的，装饰得古色古香。

办证的地方非常清静，房间里有沙发椅，有茶几，窗明几净，办公人员仅仅一个女子，见我们进来，微笑着点点头。静得能听到呼吸声，不需排队，人至即办。

与外面的杂乱喧嚣形成鲜明的对比。

多多全权包办，两证的填表、每人两张照片，每个证2000尼币，两个人总共8000尼币（1000尼币约等于60元人民币）。

在这个房间填好表，到里边的一个房间交费，那里的工作人员非常礼貌友好，热情地给我们倒上热咖啡，令人心里很温暖。

顺利办好两证，我们又去汽车站买明天进山的车票。

穿街走巷，这是深入了解当地人生存状态的最好方式。

很多居所破烂不堪，房子半截，院墙倒塌，地上堆着一堆堆砂石，有的是未清除的垃圾，有的是动工建设的原料……

走在这座正在废墟上重建的首都，让我心里涌上阵阵酸楚。当年来加德满都不是这样的印象，到处古色古香，如梦如幻，无论小路还是广场都是很干净的。可以肯定，地震使这个美少女一般的城市变成了脏兮兮的老妪，使我想到童话白雪公主里的老巫婆，脸上都是深

深的皱纹，灰蒙蒙的，那种优雅从容消失殆尽，那种曼妙的仙气荡然无存。

不忍目睹，却不能不睹，心情仿佛也跟着蒙上了灰尘。

好在无论多么破烂的居所，大簇的鲜花都从墙里探出头来，尽管那花瓣花叶上落满灰尘，可那鲜艳仍然是挡不住的。那也许就是希望所在吧？

行约五公里，到了长途汽车站。车站很大，有好几个篮球场那么大，到处坑坑包包，一排排大巴停在那里。背包扛行李的人像无头的苍蝇乱走乱撞，到处杂乱无章，到处暴土扬尘。

售票的地方是敞开式的大棚，一个挨一个的窗口都镶着铁栅栏。多多很顺利地找到去徒步起点大巴的窗口，买了三张票（还有一位小朋友晚间到位），1350尼币，明早7点发车，预计

6 小时长途。

　　车站旁是一条穿城而过的大河，那河水是黑灰色的浊流污水，河中冒出的一个个小垛子是被乱石挡滞的垃圾。很多当地人竟在岸边洗衣服、洗菜。啊,这样的污水怎么可以用来食用呢?不得病才怪了。

　　也许人被逼到份上,想清洁干净没条件,只好将就着过活了。

　　不能不感叹，这儿的人抗污染的能力如此之强。

　　岸边房子残败不堪，震后几无完卵。沿河的路遍地乱石和

泥土，像大酱缸一样十分泥泞，无法下脚。人们只能在狭窄的拦河石墙上走，那墙只有一尺多宽，越走越高，有的地方地面下陷了，墙离地面能有两三米高，往下一瞅就眼晕，完全是走钢丝的感觉。

尤其是对面有人过来，我就不敢动了，对方轻轻扶住我才能"错车"。不敢向两边看，眼睛死盯住脚尖所指的方位，把鞋带紧了又紧，唯恐绊倒。真后悔上了这条"贼船"，宁肯坝旁走泥浆，脏的是衣服和鞋，也不至于心惊肉跳呀。

尽管震得不轻，这里的人们仍虔诚不减。途中路过一个很大的寺院，这个寺院完好无损，是去年大地震的"幸存者"了。

我和多多不由地走进去，那里礼佛的人满脸虔诚。

寺院正中是白色的大佛塔，在宏大的白色覆钵上有个方形塔，四面画着巨大的佛眼，表达佛法无边，无所不见之意。拾级而上，四周的平台上不断有礼佛的人上去献花或放上进贡的水果，双手合十，顶礼膜拜。

令人惊叹的是，这里的鸽子仍然那么多，占据了寺院的所有领地。人一过，它们"呼"地一齐飞起，遮天蔽日。我的头发被鸽子翅膀扇起，脸颊感到翅膀带起的风，凉飕飕的，禁不住手搭凉棚，眯起眼睛，缩着脖子，欣赏那壮观的鸽子阵容。

路上，看到很多新修的楼舍，看到无忧无虑的小猫小狗，看到灰土中鲜花仍然红艳，看到在废墟上叫卖的人们，看到正在修复之中的建筑，不能不感叹生命的顽强不息。也不由地发愁，加德满都要想重振雄风，光靠这个贫穷国家独自的力量几乎没有可能。我在一份资料上查到，尼泊尔 2013 年人均年收入只有 730 美元，位列世界最贫困国家之一。真心希望各国政府和世界和平组织伸出援手，为这片古老而文明的国家共同买单。真心为曾经宁静平和的神秘土地祈祷，愿佛祖保佑这方土地从此平安。

"三剑客"队形完整

儿子是个装备控。出发前，多多让我把全部装备拍照发过去，我想用滑雪裤充当登山裤，被儿子一句否决："那裤子是双面胶防水的吗？"我的回答是否定的。他说不行，邮购来不及了，只能到加德满都买了。

所有剩余的时间我们都用来逛市场，补充徒步装备。

加德满都是购物天堂，一条条街转来转去，像迷宫一般。

尼泊尔的旅游业

是国家的重要经济支柱，每年涌来世界近 80 万的游客。全国
3000 万人口，比吉林省人口多一点点。给人的感觉，几乎无家
不商，无人不商。所有的门市都是店铺，一家挨一家，还有许
多推着车、骑着车、摆地摊、卖蔬菜水果的。

面善的老大娘在摆地摊，卖些针头线脑；光着膀子的小伙
子叫卖车上一圈圈摆得极其整齐的水果；还看到在飞扬的尘土
中打着领结的雅痞；更有五彩斑斓的女郎在男子痴痴的眼神注
视下不屑地漫步……

这些光怪陆离的异域风情让人恍惚，令人眼花缭乱。

这是一座非常"嬉皮"的小城，时隔 11 年再次光顾，我的
印象仍然没变。

稀奇古怪的纪念品琳琅满目，有西藏佛教和印度教的法器
和装饰品，还有本地的手工艺品：廓尔喀刀、腰带、麻布衣服、
羊毛衫、丝绸围巾，羊毛围巾，从民族音乐 CD 到各类礼佛用品，
从一两元人民币的小饰品到几百几千人民币的银镯子，便宜货、
仿古物到处都是。

因为我们去登山，不能轻易多带一件无关的物件，所以只能饱饱眼福了。

这里卖户外运动用品的店铺特别多，遇到的多是登山徒步的各国人。

中国人近几年也多起来，一家家贩卖鲜艳披肩毛毯的店门口，写满中文的招贴，看着非常亲切有趣。

有的写得很时尚："走过路过，不要错过。"

有的商贩还会说简单的中国话："你好，进来看看！"使你忍不住走进去，他们说得尽管生硬些，可介绍物品、推销商品都说到点子上，很打动人。使你感到，为了方便与中国游客沟通，他们真的做出了努力。

川菜、兰州拉面、东北菜，鳞次栉比。堆满中国商品的小超市，兜售着与国内价格不相上下的花生、饮料、牙膏、洗发水、泡椒凤爪、方便面，真是应有尽有。

在一家户外品牌店里，遇见一个中国的小伙，听说他刚刚走过 ABC 小环线，我更兴奋了，很想知道更多的情况，他打量一下我，很玄地说："那大山一个连一个，老大了，一会儿上一会儿下，你这小体格，恐怕要累个好歹的！"

我微笑了，他不了解我，不知道我的实力。

他明天就回国，特意来此买登珠峰的鞋。

这回轮到我惊讶了，登珠峰？

柜台上那黄色的特大鞋，我以为是广告宣传用的模型呢，他说这是登珠峰必须穿的鞋。我好惊讶，鞋重5公斤，鞋中套鞋，像皇帝穿的靴子。怎么这么大呢？穿上这鞋子，就像寓言故事里给爱模仿人类的猴子穿上铁鞋，还能爬树了吗？

他与店主一番讲价，这双鞋价格降到4000多人民币。他小声对我说："便宜，国内八九千哦！"他告诉我，今年他登了海拔6000多米的玉珠峰（地处格尔木），准备两年后登珠峰。

我瞪大眼睛问，那至少得训练两三个月吧？

他一甩头，说：那哪成啊？得两三年啊！ 7000米、8000

米都要登过，才能登珠峰。

我不能不仔细打量他了，中等身材，敦敦实实，很有登山者的范儿。进一步聊天，得知他家住西安，现年34岁，迷上户外六年了。

我不能登那么高的山，可亲眼见到这样的勇士也是令人兴奋的，祝他梦想成真！

傍晚，我们登山的阵容扩大了，多多的一位跑友，参加泰国清迈马拉松，刚刚完赛，特意飞过来，加盟我们。

一见面，我就对她有好感。个头不高，干练精致，眼睛不大不小，很有精神。她的网名二姑娘，将与我们一起雪山徒步。这次在清迈马拉松，她拿了个第三名，得了7000元奖金。可她还不满意，说脚上有伤，没发挥好。她曾经跑过311，即3小时11分钟跑完42.195公里，多次拿冠军。

不仅如此，她还有一群追随者，她利用网络的便利，即使出门在外，也能给学员布置作业，监督训练。她还翻译过跑步实战类的图书。

啊，这又是一员小猛将。二姑娘这名字，让我联想到水浒传中的孙二娘，那可是泼辣豪爽的巾帼女杰啊！她能加盟，增加了力量，使我对胜利又增加了一份把握，怎能不令人高兴呢？

晚餐多多安排吃中餐，我强烈要求买单，一是为与二姑娘的相识，二是为二姑娘接风，三是为明天启程壮行。

餐后我们仨继续逛街，二姑娘需要补充装备，该买的都买了，不披挂盔甲，怎么上阵啊。在泰米尔街的迷宫穿梭，幸亏多多辨路，不然我早找不着北了。他走过不忘，犹如自由穿梭的鱼。

我对数字很敏感，公众号取名：张彬彬007。因为我喜欢7。我对3也很"感冒"，我认为，三字大吉，不是说"三人行，必有吾师"，还有"三个臭皮匠，顶一个诸葛亮"，就连数学的三角形，还表达的是一种稳定结构呢。两个人只是伙伴，三个人就是一个小团队了。

更何况我们三人都是马拉松跑者，二姑娘（全马311），甲泽多吉（全马318），张彬彬（全马357）。我们现在就是雪山徒步"三剑客"了，出发的队形已经完整，拧成一股绳，无往而不胜。

尼泊尔式 "大篷车"

　　6点钟，天蒙蒙亮，我们悄声地下楼了。夜里热闹的街道静悄悄，门前停着好几辆出租车。我们一出门，几个出租车司机都过来打招呼。这种竞争，为讲价创造了条件，多多以150尼币成交，合人民币约10元。

整个城市还在睡梦中，路上人少车少，不一会儿就到了长途汽车站。

车站人很多，像大市场一样，感觉兵荒马乱的。一位男乘务员将我们3人安顿到一个长条凳上等候。清扫工挥动着大笤帚，所到之处，飞灰呛嗓，害得我们只好拎着背囊东躲西闪。

不一会儿，男乘务员又带来5个外国人。大家都是同道，相互打过招呼，个个快乐得像喜鹊。加上我们仨，一行9人，穿街走巷，坑坑洼洼，走了很远，才到上车地点。

长途大巴很老旧，都是我们国内城市已经淘汰的车型，车顶上的露天行李架，只有浅浅的围栏。我们的背囊都放到车顶的行李架上了，用大绳子固定住，真担心车一开掉下来。这可不是杞人忧天瞎操心，真的被言中了。一路高山峡谷，崎岖颠簸，真的有大包裹掉下车！幸亏车上的乘客发觉了，大声呼叫，司机才停车。好险，多亏不是我们的背包，不然包里面怕摔的雪镜就遭殃了。

国内的长途公交车都有固定的停车点，而这里的就像市区的招手停，随时停车。一路上，走走停停，不停地上人下人，汽车的车门始终敞开着。男售票员是个小伙子，腿脚灵便，经常车还没停稳，他就先跳下，车开了他才飞身而上，简直是现实版的铁道游击队的李向阳。

途中有人上厕所，为了少耽误时间，司机便慢慢地边开边等，若是没飞身上车的本事，宁可憋着，也别冒这个险。

汽车行驶在特里布汶公路，一路向西，缓慢爬升并穿过谷地边缘的一条山脊到达昌德拉吉里（Chandragiri）。然后路开始

盘旋下降，经过一系列急转弯进入一片葱葱郁郁的丘陵地带。

车行一个多小时后，途中的风光渐入佳境。加德满都的残破脏乱被甩在身后。山青了，水碧了，浩浩荡荡的河水中倒映着蓝天白云、山林绿树。

两个小时后，特里布汶公路在玛格林（Mugling）转向南（通往奇特旺），我们走的公路变成了普里特维公路，这条路是20世纪70年代由中国援建的。公路下边的河中有漂流的汽艇，顺流而下。哦，那就是尼泊尔最著名的漂流胜地——翠苏里河。哈，我坐在车的右侧靠窗处，是个不错的选择。远处的雪山被小山丘遮挡，已经看不到了。公路在雨季经常会塌方，抢修中断路线是家常便饭。

又过了半个小时，山峰间有白色的缆车在空中轨道上缓缓移动。

身旁的一位欧洲游客兴奋地对我说着什么，我没听懂，可是他那比比画画、神采飞扬的样子感染了我。

车上的人严重超员，很多人没座位，地上堆满了大包小裹，下车像过障碍一样。

车里很拥挤，也很热闹，竟有个小伙子拉着乐器卖唱，那乐器是我们没见过的民族乐器，歌曲是有关尼泊尔风情的，听来很有味道。

后来我上网查了，才知道是宝莱坞音乐。

这首歌曲是尼泊尔音乐中的明珠，简单地重复主题，表达了人们对美好生活的向往和对爱情的企盼。歌词大意是：

"呀呐红！呀呐红！秋天羊毛很厚，我们要发财！"

"梆！梆！咣！梆！梆！咣！"

"呀呐红！呀呐红！明天给你织毛衣！我心系你！"

"梆！梆！咣！梆！梆！咣！"

小伙子浓眉大眼，拉得优美，唱得入神，乘客随意赏钱。他的手里赢得好大一把钞票。

多多禁不住站起来为他录像，他唱得更来劲儿了，表情也格外丰富。多多也礼貌地给了他赏钱。多多的这段视频被剪辑在他制作的尼泊尔之行的视频纪实片子中了，很多人看后都赞叹这段视频具有浓郁的尼泊尔气息。

山路狭窄起起伏伏，车子沿着没有防护的盘山路向上攀爬，犹如波涛汹涌中的一叶小舟。最考验司机的时刻是错车，

每当发现对面有车，都像发现敌情似的，车笛会发出尖厉的鸣叫，乘客的心都会悬到嗓子眼儿。

离老远，对面的车缓缓靠边停下，另一面的车缓缓地开，两辆车相差不到3厘米，看得人心惊肉跳。

错车成功！两边的司机师傅从车窗伸出手，微笑着握了握，我长出了一口气，几乎就差欢呼了。

每当车停下，总有很多举着盘子、箩筐的卖东西的当地人围在车的一圈叫卖，芭蕉、甘蔗、菠萝、饮料、小吃，什么都有。

当地人、外国人，上车下车，拥挤不堪。

司机和售票员都是快乐的年轻人，已习惯这种状态，总是满脸的笑容。乘客一路上也没发生一起因烦躁而吵架的事儿。无论车怎么左一下右一下地摇晃，你撞我，我碰你，没人发火。

人们尽管语言不通，微笑是一样的。

停车时，可不能跑得太远，普通大巴是不会清点人数才走的。

转不完的盘山路，山野风光、音乐萦绕，我很自然地联想到一个天生流浪的民族——吉卜赛人，联想到那堆满物件的载着欢乐奔放的大篷车。那些看上去单纯的向往，是多么浪漫，用热情宣泄着他们内心简单的快乐。

午间，车在一个小山庄边停下，那里有一溜儿食品小摊，有煮鸡蛋、炸丸子、奶茶等，还有一家大篷车式的饭店，海绵瓦的顶棚遮挡着强烈的阳光，四周是敞开的，白云蓝天草木尽在身边。饭店里摆放着一排排小木桌。

午餐时间限定 20 分钟。多数人都到大棚里吃自助餐，大家有序地排队，套餐 250 尼币（人民币 15 元）。土豆牛肉、鸡蛋炒柿子、青菜、红萝卜、水萝卜、白米饭，还有咖喱汤。饭菜都是管添的。

尼泊尔的女服务员待客热情友好，那年轻女子一会儿端着饭盆、一会儿端着菜盆，微笑着走到你面前，用勺子做出加菜加饭的意思，有几分羞涩，使你感到很温馨。

当地人也有在此就餐的，仍保有手抓饭的习惯。

他们多是自己点餐，大米饭、咖喱蔬菜、菜汤组成，每人一个盘子。他们吃的时候,把咖喱汁浇在饭上,然后用手去搅拌,他们抓饭只用右手。为什么不用左手呢? 左手是上厕所时用的。他们不用卫生纸,而是用手抹,再用旁边的自来水洗手。

　　我趁他们不注意才悄悄地瞄上一眼,不好意思多看,怕人家反感。

　　赶巧,那个小伙子与我目光对上了,他竟然用手比划着,做出拍照的姿势。

　　他理解在外旅行人的好奇,摆出手抓饭状,让我给他拍照呢。我欣然举起手机,为他竖起大拇指,一个多么可爱而调皮的小伙子啊。

　　与普天下所有女人一样,尼泊尔的女人也很爱美。在这样

一个深山沟里，女人个个衣着艳丽，多是大红大绿的花衣服、大花的纱丽裹裙、大花的披肩、大花的灯笼裤子，并且都是描眉涂唇的。就连几岁的小女孩，也都用了睫毛膏，大眼睛，长睫毛，很可爱。

奇怪的是，无论男人女人他们都是穿拖鞋，就连出门在外也这样，车上的尼泊尔乘客也是穿着拖鞋的。后来徒步时也看到，无论走在大山里，还是走在雪地上，他们无一例外地穿着拖鞋。真奇怪，他们的脚板是特殊材料制成的吗？怎么穿着拖鞋那么合脚，并且不惧寒冷？

后来大家讨论这个问题时，得出这样的结论：穿拖鞋的好处是，路上有水洼不必绕道而行，直接蹚过去即可；土路尘土大不用刷鞋子。还有，女人常爱涂趾甲，在脚腕上挂金镯银链，在婆娑摆动的

纱丽底下若隐若现，构成一道引人注目的异域景观。而在雪山上穿着拖鞋，可能与尼泊尔人先天的机能有关。尼泊尔的夏尔巴人是登雪山最称职的背夫，或许他们的腿脚比其他人种更强健吧？

这里的羊也与我所见过的不一样，耳朵很大，像缩小的芭蕉叶向下耷拉着。我们那边的羊吃草都是低着头，而这里的羊圈是在柱子上吊着一缕缕的草，羊仰着头吃。真是一方水土养一方羊啊。

经过七个多小时的路程，我们终于抵达进山的起始地——比斯萨哈尔（Besisahar），海拔 823 米。

到这里的时候，车上都快挤漏汤了。

跳下车，简直像大赦一样，长长地舒了口气。

从车顶高高的货架上卸下背囊，使劲儿拍打掉上面的灰土。

然而，当我们目送着大巴开走，又仿佛若有所失，好像我们被快乐的大篷车遗弃了。

这是一个呈南北条形分布的小镇，蓝琼（Lamjung）地区的行政中心。自从通了车，小镇迅速扩展。主街道两旁有多家客栈、商店、银行、电话营业厅、邮局、学校，以及医院，最南端

还有一家电影院，附近是地区监狱。

街上的店铺很多是从英军或印度部队退役下来的廓尔喀士兵开设的。

我们沿路向前走，多多边走边上网搜索宾馆，走了两家，找到小镇里美评最多的喜马拉雅宾馆。

一进大门，眼前一亮，好大的院落，到处鲜花盛开，还有热带植物和天蓝色的游泳池。银灰色的小楼，接待室很敞亮，吧台也很漂亮，有大沙发椅、茶几，与这个偏远的小镇很不相称。

原以为大山深处的小镇，有个遮风挡雨的小旅店就不错了，竟然藏着这么高档的宾馆。可能是淡季，大楼空荡荡，我们选了最高层的四楼大房间，才 3000 尼币，合人民币 180 元。淋浴、大浴缸、洗手间一应俱全。4 张大床，一排 4 个大窗户，宽敞明亮。躺在床上，就能看到不远处的山峦，运气真的好到爆！

进房间后一阵洗漱，除掉满身征尘，换上干净的衣服。走，出去晚餐喽。

走在街上，发现一家饭店橱窗上画着一盘饺子，我们异口同声惊叹："啊，尼泊尔人也吃饺子？今天是冬至，就吃饺子啦！"

我们走进去，迎接我们的是一双双惊喜的眼睛。这么晚了，又来了三个外国人，那家的老老少少一定很开心。

为了多品尝当地美味，多多点了饺子，又点了 3 种食物：炸鸡腿、烙饼、手擀面。店里的人都瞪大眼睛，又惊又喜，像看外星人似的。

饭都是现做，剁肉馅的声音响了很久，我们等啊等，是不是现种菜啊？咋这么慢呀，这样经营还能赚钱吗？

及至大盘小盘上桌，我们才发现，糟糕，理解有误！他们把我们总共点的 4 盘，误认为每人 4 盘。已上来的 3 种，摆满一桌。

怎么会出这样低能的错呢？我们相视而笑，都笑出了声来。端上来的是不能退了，那就让店家马上打住，没做的手擀面不要了。

天意让我们多吃。那饺子不敢恭维，馅太粗，肉太硬，与家乡的饺子天壤之别。那烤饼，不用油，薄薄的，很筋道，有股麦香味，好吃极了。

狠狠地吃了一顿，吃不了，兜着走。瞧吧，一切都是最好的安排。

发布微信，是我此行的重要内容。一天没发，就好像一天

的路途没走完一样。有那么多亲朋好友关注着我们，我要随时将与高原雪山为伴领略的不同风景，感受的不同心情、不同奇遇，经历的不寻常的感动，都用文图记录下来，原汁原味地呈现，在网络上与亲朋分享，让大家动动手指，就能跟着我一起体验，一起经历，就能看到我们看到的一切。我也会在好友们的点赞中，获取温暖和力量。不管旅途的网速多么不给力，当天的作业必须当天完成。今天就是这样，已经夜里两点多了，点击 100 下总算成了稿，又点击 200 下总算发布出来。尼泊尔的网络不给力呀，发微信如此大不易。

微信照搬

阿光：美慕你：想去哪抬腿就走；嫉妒你：总有奇迹般的经历发生；担心你：千万注意安全；祝福你：再创新辉煌！

玲斋：没有作业，只有游玩；不必交卷，只顾安全。

老K：祝好运！浅尝辄止，知难而退，及时凯旋！

高全增：不一样的旅程，全新的感觉。

明哲：人生的经历是一笔精神财富，你们母子太富有了——体魄强健，行者无疆，祝顺利、成功！

田瑞：这不是一般意义的旅行，是一场意志、体能的考验，是人生价值的再次升华。祝你们如同大鹏展翅，在尼泊尔雪山上飞越，战胜冰雪严寒，飞向人生的更高境界。

朋友圈的关注、祝福、叮咛，都那么精彩、幽默、苦口婆心，是良药，是掏心，是爱心，都牢记我心，我只是读，没时间回复。带着这么美好的一切开跋，是会产生洪荒之力的！

开跋,小试牛刀

12月22日,徒步首日,从比斯萨哈尔(Besisahar)到 Syange Namasite,全天累计爬升900米,行程22公里。这座 山是蜂鸟的家,我们是蜂鸟人。过了两座钢丝吊桥,看到一座 5400米的雪山。途中遇到两个外国人,分别来自德国和印度, 住地只有我们5个客人。门前是一条激流澎湃的大河,对岸是 壮观的大瀑布。

早晨天刚亮就起床了,看着窗外连绵的雪山,看着小镇里 袅袅的炊烟,看着游泳池里倒映的朝霞,真是美得令人心醉。

多多将手机放到顶楼的阳台上延时摄影,竟然招来了尼泊 尔客房的男服务生,他拿着手机过来敲门,以为我们将手机落 到阳台上了呢! 多么可爱的小伙子啊。可惜的是多多的延时摄 影半途而废,呜呼!

6点在宾馆的大餐厅早餐,食品都是昨晚预订的套餐:煎蛋、 烤面包片、香肠、菜蔬、咖啡等,很可口。

　　然后，我们仨背着行囊，以远山为背景，拍了一张合影。我们穿了三层衣服，最里面是羊毛绒衫，中间是抓绒衫，外面是冲锋衣，为的是走热了脱起来方便。

　　涂好防晒霜，戴上墨镜，高原的阳光是能把人的皮肤灼伤的。有时太阳虽隐藏在云层后，可照样会穿透云层，在你不提防的情况下，对你的皮肤施展淫威。尤其是在雪线以上的地方，雪地和冰面会反射阳光，可以导致严重晒伤及雪盲。

　　有生以来第一次使用登山杖，它会在一些湿滑和较差的路段上帮你保持平衡，在下山时可减轻膝盖的负担。

　　我背的是44升容积的背囊，多多背的是60升的背囊，水壶插在背囊边上的袋子里。

好家伙，全副武装，现在我们都挺精神，不知道下面徒步的日子会把我们折腾成什么样子。

出了宾馆大门，我们沿街道往北走，将近路的尽头，是大环线上第一家入山检查站，我们在这里办理登记手续。一切简单顺利。

安纳普尔纳保护区的界定：西至卡利甘达基谷地，东至马斯扬第河与杜德河谷（Dudh Khola），南至博卡拉谷地，北部是尼泊尔与中国西藏交界绵延的群山。保护区正式成立于1986年，总部设在甘杜克（Ghandruk），隶属于马亨德拉国王自然保护区信托基金——这是一个非政府组织（NGO），受委托联合各个社会团体发展自然保护区事业。在路上能明显感觉到保护区的良好环境跟当地民众的配合是密不可分的，就如同积极保护野生

动物宣传项目（ACAP）的宣言："我们的保护方式不是把人们从自然中分离出去。争当自然的守护者是人们的权利。"

保护区将徒步者办理进山许可证的资金用于为当地人修桥、建学校和诊所，植树造林，推广清洁能源，以及设立安全饮水站。

8：18 分开跋。这个时间，就像开业典礼或者是大型庆典特意掐指算的吉利数字。不是我们故意选择的，而是赶巧了。什么事都设计得那么细致，那我们此行得多累呀！

上路的心情超好，背着大背囊负重徒步在世界上排位第一的 ACT 线路很自豪，仿佛自己就是一个冒险家。

走出小镇就是开阔的大山大河，与后面的徒步日子比起来，第一天还是蛮轻松的。我们调整好节奏，尽量平稳地前进。一路上都是亚热带丛林，山上层层梯田，茂盛的植物显示出尼泊尔低谷地山区的特点。

先是崎岖的山间土路，之后是宽阔的河道。经过一座竹搭的小桥后，是一个非常小的古荣族村庄，石头垒砌的房子，房顶板上还压了一排排的石头。窗户都开得很高，阳光很晃眼。肥硕的芭蕉叶伸着长长的手臂。

牛羊圈很大，也都是石头片叠起的。

一个很大的方形池中间是白色的佛塔，四面是尼泊尔特有的天眼。方池子的一侧有水龙头，穿着艳丽的尼泊尔妇女在洗衣。绳子上晾晒着花花绿绿的衣服。

石块垒砌的大墙垛上插着一束稻草，随风摇曳。

遇到一位穿着绛红色僧袍的喇嘛，一边行走一边摇动手中的经筒，同时拨弄念珠。

村庄边缘大大小小的白色佛塔是佛陀的象征。安纳普尔纳大环线沿途建造了许多寺庙，请记住要从左边经过佛教建筑，并且顺时针转动经筒。

出了村子有两个大方砖垛搭建的拱门，横梁上有三座砖砌

的小佛塔，分别为黄色、白色、黑色。这是在尼泊尔乡村经常看到的景物，与宗教信仰有关。

喜马拉雅山区的佛教徒在他们生活的土地上留下了大量有关信仰的痕迹。

沿途有扁平石板堆砌而成的玛尼墙，墙上每块石板都刻着六字真言：唵嘛呢叭咪吽。同样的经文也印制于屋外的布面小旗，串起来挂在有特定意义的山侧，或者放在垭口的立柱上飘扬。每当有风吹动经幡，就代表祝福祈愿已经传播到周围的村庄里。还有一些转经筒体量很大，甚至比人都高，里面盛放着经文，以溪水推动旋转——就像水车那样——虔心的路人也会来转动它。转经筒每转一圈都会敲击一次铃铛，以提示有多少祝福被释放出来。

出村又是土路，右转，马斯扬第河就在脚下翻腾，现在向前看能看到左边的雅迪楚里峰（Ngadi Chuli，7871 米）和喜马楚里峰（Himalchuli，7893 米）。

关键的岔路口都有路标，ACT 大环线的路标是红色和白色的粗杠，看到红白两色杠杠，就证明路走对了，若是很久看不到路标，心里就有点发慌，直到再看到杠杠，悬着的心才会落地。

途中看到一个穿着蓝色运动服的尼泊尔男子走来，穿着

一双拖鞋，背着绿色的行李，比我们的背囊大两倍，最借力的是背囊上的一条宽带子，套在男子的额头上，他的脑袋可真有劲儿。

这肯定就是尼泊尔特有的背夫了，他们是天生的大山间的飞行家，运送各种吃的、喝的、用的，是连接山上山下的生命线。大多数来这里徒步的人们也都是雇他们背行囊，价格很便宜，每天才100元人民币左右。

从丘陵地区的村庄开始，旅途交织着丰富的植被，受地势的影响，这里的路频繁地上上下下，一次次地越过河流，一次次地爬大山，"跋山涉水"这个词用到这里再恰当不过了。

山林是鸟儿的乐园。走过一座大山时，我们发现一种手指盖大的小鸟，有的绿色，有的蓝色，携着蜜蜂的嗡嗡声，从我们的头顶飞过，真是太稀奇了，是因为海拔高，小鸟才长这么小的吗？

多多说，这是蜂鸟。

怎么叫这个名字？可能是因为这鸟像蜜蜂一样小吧。

后来发现这座大山飞进飞出的都是这种蜂鸟，走了很远都能看到，令我们好不兴奋。而到了下一座山就是另外的鸟了。

难道这里的鸟类也像南极的企鹅，每个岛上住着一种企鹅，一个家族占一个小岛？这里是一种鸟占据一座山林，外族不可入侵。

多多一说蜂鸟，惹得二姑娘笑起来，哪个蜂呀？

我故意抢答：疯子的疯！

我又说：我们都是蜂鸟，疯子似的鸟人；不像疯子一样的心态，哪能跑到这么远的大山中徒步啊？

后来我在网上查阅了蜂鸟词条，如下：

蜂鸟科（Trochilidae）：因飞行时两翅振动发出嗡嗡声酷似蜜蜂而得名。体型小，体被鳞状羽，色彩鲜艳，并闪耀彩虹色或金属光泽，雄鸟更为鲜艳；嘴细长而直，有的下曲，个别种类向上弯曲；舌伸缩自如；翅形狭长；尾尖，叉形或球拍形；脚短，趾细小而弱。

飞翔时两翅急速拍动，快速有力而持久；频率可达每秒50次以上。善于持久地在花丛中徘徊"停飞"，有时还能倒飞。与雨燕有较近的亲缘关系。蜂鸟和其他鸟类一样，没有发达的嗅觉系统，而主要依赖视觉。蜂鸟约90%的食物来自花蜜，其余为节肢动物，包括苍蝇、黄蜂、蜘蛛、甲虫和蚂蚁。它们薄而长的鸟喙很适合汲取花蜜。

分布于拉丁美洲，北至北美洲南部，并沿太平洋东岸达阿拉斯加。

我现在有点疑惑，难道这个词条所说的不够全面，我们看到的像蜜蜂一样的小鸟，不是一只两只，而是很多的，是否生物学家还没注意到尼泊尔的山里有蜂鸟的存在啊？也有一种可能，那不是蜂鸟，那它们是什么鸟呢？管它是什么鸟，那段徒步路程带给我们的快乐无法言表，必须记在这里与大家分享。

山路上，两个穿着咖啡色短裙的女学生，边走边拿着一个绿色的枝条吹泡泡，一个个圆圆的水气球成串地飞向高处，携着五彩光环，在阳光下闪闪烁烁，我们都看呆了。这不是跟城里孩子们玩的吹泡泡一样吗？然而，她俩不是沾着肥皂沫吹泡泡，而是从树枝里吹出来的，那树枝怎么含有那么多的水分啊！

我们好奇地向两个小姑娘询问，她俩很高兴地带我们到路边的树丛中，找到那种手指粗的绿色树枝，折下来，嘴巴对着折处，使劲一吹，气泡便成串地喷出来了，真是太好玩了。

大自然真的很公平，给城里孩子的玩具同样也赐给山里的孩子，比较起来，大

自然的礼物更绿色、更有生机、更无穷尽也。

从山上打柴归来的妇女们走过来，她们背上的大柴垛比人高出一大截。

又一座小山村呈现在眼前，栅栏一圈都是红树叶的树，在长春是盆景，我给老妈买过，叫满堂红，这里却是高大的树，开得红彤彤。多多说，尼泊尔人印堂上都点个红点，就是用这种红叶捣碎点在额头上的。

一群可爱的小朋友从村里跑过来，见到我们一点也不眼生，而是很友好地与我们合影。

过了这个村子不远，忽然看到峡谷激流中有一片白墙红顶的建筑，原来那是一个水电站，名字是：上马相迪 A 水电站。

　　这是中国政府援建的，一连 3 个中文写的宣传牌上有工程概况。这是一座以发电为主的径流引水式枢纽工程，控制流域面积 2740 平方公里，主要由泄水闸坝、引水系统、发电厂房和开关站等建筑物组成。

　　看着碧绿的水上的建筑群，使我有种异域见到家人的感觉。

　　那些建筑干净美观，有的带转梯可通到三楼的亭台，并且不是一座，而是一个群落，第一梯队就有 8 座，随着山势，上面还有建筑，在碧水青山间煞是醒目。很想找人聊聊，竟然没找到，也许水电站的运营都是用仪器操控，庞大的水电站不需要几个人的。

　　尼泊尔北部与咱们西藏的边境线长达 1400 公里，估计好多高海拔的无人区都是你中有我，我中有你，两国人习性生活都是相通的。多多说，若是不走西藏樟木海关，从高海拔的其他地方，也有可能进入尼泊尔山区。

近年来中国经济的快速发展，促使两国在贸易、农业、教育、水电、旅游、矿产等多领域加强合作。始于拉萨终至日喀则的铁路已于 2014 年 8 月通车。延伸线将与尼泊尔和印度铁路网接轨，预计 2020 年通车。那时，就可以乘坐火车到加德满都了。世界真的变成了地球村，各国人的交往更密切了。

在水电站这里自豪了一把，就到山脚的村子吃午餐了。村子里静悄悄的，见我们来了，不声不响地来了老老少少七八个，就坐在我们就餐的旁边的石阶上。孩子们欢笑着，老人也慈祥地微笑着，感觉世界真是平易美好。

餐后，开始爬大山了。山路都是高高低低的石头，走起来很较劲，经过一段爬升，全身大汗淋漓，脱掉冲锋衣，脱掉抓绒衣，脱掉抓绒裤，统统挂在背囊后边。从这第一天起，每天上路不到一小时，就要脱换衣服，包括在海拔高的雪山上也不例外。

山路弯弯曲曲的，有的是在崖壁上凿出的小径，有时看不到前面，但一转弯便柳暗花明，令我们一次次地兴奋不已。最有趣的是竟然有几只黑色的山羊跟在我的身后，它们的脑门上有两条白色的杠交汇，很是漂亮，耳朵很大，像扇子奋拉着。民间不是有一说嘛，耳大有福，山羊在这绿色的大山大河中自由自在，有福啦！

过了一块约有上百米高的光滑的大岩壁（那是黑色的带着

白色雪花的岩石），回头望，深深的大峡谷夹着河流，真的很美。
在下面时那河流是轰鸣的，站在高处，已经变幻成了一条静静
的温和的白链，像一条吉祥的哈达系在绿水青山间，太大气磅
礴了。

　　多多拿出他的蜗牛跑团的旗帜在这里拍了照。他走到哪里
都不忘他的跑团。

　　拍照时，有两个外国小伙子赶了上来。一位是拿着专业相

机的德国小伙，金发碧眼，身材矫健，个头高高，英俊帅气，走起来一溜小跑。另一位古铜色的四方脸膛，浓眉大眼，是印度人，因为腰肥体胖，走起路来总是落后。我在想他俩不是一个重量级的，走到一块不大容易，那个德国小伙就得牺牲自己等着印度小伙了。

这地方快赶上无人区了，见到同类别提多亲近了。他俩的出现，使我们增加了伙伴，彼此都像老熟人一样，没有任何隔阂。多多与他俩交谈得很开心，原来他俩都是独行侠，也是在路上遇见认识的。于是，我们一同前进。

如果只在大山的一侧徒步，就不会那么耗时吃力。经常是走着走着就没有路了，只能顺势下山。这边的山到了绝壁，有一座长长的钢丝桥，必须过桥，到山的另一侧再爬升。

钢丝桥能有一二百米长，下面是汹涌奔腾的激流，若是有恐高症，到这里就会望而却步。我是胆大的人，可还是有点胆怯，不能不走，逼到这了。

收起登山杖，检查一下鞋带是否松了，开步走。踩在钢丝网上面，颤颤悠悠地，心怦怦地跳，好不容易走过去了，

心才落了地。相比之下，多多的胆子太大了，他走在上面，不但不怕，还双手举起登山杖，让我拍照，我想制止，可还不如赶快拍一下，大喊一声"拍好了"！他就下来了。

今天经过两座钢丝桥。有了第一次过桥的经验，第二次就不那么胆怯了。

大环线多是在峡谷中穿行，经常要来往于峡谷两岸，跨越激流，因此一路上需要走过许多钢丝桥。每次过桥，都有种新鲜感，都忍不住在镂空的铁格栅上俯视脚下河水奔腾的峡谷，虽然总是难免心慌腿抖，心中的快感却如水浪阵阵涌上心头。不瞒你说，我从未敢在桥上拿手机拍照，万一不小心掉到激流中，那可就没救了。

山里的客栈免费住

在 Bhulbhule 小村做短暂的停留后，转出村时，越过高高的古木，眼前的情景令我们无比兴奋。一座海拔 5400 米的雪山呈现眼前，阳光透过云层打在凸起的银色山尖，银光闪闪，如梦如幻，美丽极了。

第一次背着行囊重装徒步，对我是一个严峻的考验啊！越走背囊越沉，先像背着一背囊的书，之后像背着一背囊石块，到了后来，就像背着一座大山。看到有齐腰的大石头，我就抓紧时间靠一靠，为肩膀松松绑。

夕阳西下时，我们走到一处有人家的地方，似乎应该投宿，第一个大院落的门全都上锁，那锁都生锈了，这里的人好像都

早已撤到山下过冬去了。另一幢房子也很冷清，没有看到人，但没有上锁，理论上是可以找到人的。

我想，这高山大河的，能有这样遮风挡雨的地方就不错了，不然不知道多远才能碰到人家，万一天黑，可不是闹着玩的。

多多在这里转了转说，根据他查的攻略，不用走多远，还有客栈，条件应该比这里强些，另外也多赶点儿路。

我心里的领导当然就是多多，才出发第一天，我必须服从指挥，跟上队伍。

真的有一处客栈在半山腰等着我们。这个客栈的名字是RAINBOW，当时我并不知道，拍的照片上发现了名称，查字典才知道，是彩虹客栈。

　　看见它，就像看到了救星。这时天已经擦黑，到这里真是恰到好处。

　　彩虹客栈是一幢木制的小二楼，是典型的传统尼泊尔建筑。楼上走廊是阳台，楼前是石板铺就的院子，院子里有长条的大木桌子，还有板凳，很多木栏杆上都是木雕的花纹。最喜人的是客栈位置极佳，面对着高山峡谷，院前是激流澎湃的大河。对岸山崖上悬挂着一条约有二三百米长的三叠大瀑布，轰鸣地喧腾着向我们欢呼，飞溅的银色水花在向我们扮美。院落里竹林簇簇，红叶树还有三角梅将这里点缀得仙境一般。这里的环境真是太美了。

我知道为什么这里叫彩虹客栈了，一定是与那条瀑布有关，每当阳光照射到瀑布，美丽的彩虹就出来了。能住到这里真是惬意。

还有令你惊讶的，听说过不用花钱就可以住的客栈吗？这大山里的客栈就是这样的，只要在此吃饭即可免费住宿。为什么呢？因为12月是雪山徒步的淡季，多数客栈无人经营，上山的徒步者也是凤毛麟角。如果是旺季不仅收费，还很难住上。

整幢小楼只有我们"三剑客"和路遇的德国和印度朋友，大家随意找房间，住在哪一间都可以，真的像到家了一样。

客栈里留守的是一个中年女子、一个姑娘和一个小伙子。

晚餐我和多多点的套餐，有米饭、有烤饼，还有一碗绿色的很稠的粥，又加了咖喱鸡肉和比萨饼。二姑娘点了一盘炒饭。

做饭的小姑娘一定是看多多的食欲那么旺盛，便忍不住冲我们笑。那笑容很可爱，传递给人的是友好和温暖。

这里喝的热水是收

费的，一壶水合人民币 3 元。

睡觉的房间都没上锁。我们走进去，打量了一下，似乎很久没人住了，四壁斑驳，很冷，到处都是灰，单人床很窄。别无选择，能在这个山沟里找到遮风挡雨的地方就不错了。

床上没有被子，那女主人不会英语，我们用各种动作示意她也不明白。后来我随手拿个大毛巾，往身上一盖做躺下状她才顿悟。

她引我们到走廊边上，那里一大摞被子，被子的颜色都是灰黄的，洗不净的颜色。我太累了，懒得打开背囊，很想将就一晚。早就做好造成泥猴的准备了，还省得明天装行李。

多多说，那能睡好觉吗？不用睡袋带它干啥？

是这个理儿。睡袋又舒适保暖，又卫生干净，如果没有睡袋，后面的日子真会把我们冻成木乃伊了。

微信照搬

今天改变发微信模式，不做美篇了，变成九宫格了，因为网络太慢，美篇文件大，上传太不易。要攒足精神和体能，全力迎战徒步雪山了。

看了我午夜 1:07 发布的当日信息，朋友圈炸营了，点赞、鼓励的居多，也有各种担忧。我在省报的老上级玲斋说：不要受"无限风光在险峰"的诱惑，更不要企望"会当凌绝顶，一览众山小"，那都是诗人的浪漫幻想，其实山下的风光也很美。

老 K 说：徒步深入尼泊尔高海拔山村，已经很了不起啦！雪山从来不是冒险家的乐园！看看玩玩，到此一游就好了，及时凯旋吧！

老吴：手杖在手，肩背行囊，汗流浃背，高山缺氧，儿子开路，雪原茫茫，喜马拉雅，无限风光，坡陡石滑，路况塌方，身体透支，汗洒晨霜，一条天路，崎岖悠长，不舍微信，演绎华章。

田瑞：别走太猛，悠着点！赞中国蜗牛跑团！

面对好朋友的劝告，我们含着泪微笑了，瞧瞧吧，他们是多么关爱我们母子，句句苦口婆心，字字语重心长，我们刚出发一天呀，就

劝我们打退堂鼓，可能吗？亲们，我和儿子都是马拉松赛手，身体骨感，精神充盈，具备完成雪山徒步的体能和意志力。不要担心，重要的话重复三遍：我们愿意这么活！我们愿意这么活！我们愿意这么活！

咩咩，额头鼓包

12月23日，徒步第2天，行走20.3公里，爬升高度1400米，用了10小时30分钟。途中吃到一个能有半斤重的香蕉，因拍羊额头磕了一个大包。现入住 Dharapani（海拔1900米）。昨天住的客栈我们晚餐和早点花了3000尼币，合人民币180元。今晚这里也是小二层楼，这里入住的仅我们一行三人。

热水海拔越高物价越贵。昨天一壶水3元人民币，今天200尼币，讲价到100尼币，合人民币6元。

早上朦朦胧胧地醒来，恍惚听到外面暴雨如注，以为下大雨了。急忙望望窗外，地是干的，还有小鸟飞来飞去，看到那几乎就在眼前的银色奔泻的大瀑布。恍然明白，是瀑布的倾泻之声，自己睡的是安纳普尔纳的山中客栈！

伸伸腿，动动脚，挺挺身，还好，没散架。

浑身酸痛。右脚踝痛得严重些，呼吸时，右侧肋下有点儿痛。都是在可以忍受的范畴内。

早餐后，再出发。随着海拔的增高，路一天比一天难走。

我们只见到德国的小伙子走走停停，一会儿在我们前，一会儿在我们后，举着大相机专注地拍照。那个印度小伙不见了，哪去了呢？原来他知难而返。对于他来说，这是明智之举，

因为他走得慢不说，一走起来就喘粗气，随着海拔升高，氧气稀薄，会有生命危险的。

挑战要讲实力，平时没有体能训练，蛮干是万万不可以的。

探险是为了让生命擦出火花，而不是让生命泯灭。

活着，活好，比什么都重要。

我们已经走出丘陵地带，进入峡谷区。那山路是不能称其为路的，有的路全是石头，龇牙咧嘴，稍不留神就会崴脚；有的紧贴石壁，脚下万丈深渊；有的只好走山上的水流冲的路，都是碎石，疙疙瘩瘩。

汗水滴滴答答，腾不出手来擦，任其流淌，让山风吹干。

终于爬到半山腰，有条窄路，一面是岩石绝壁，上面有窄窄的小径，有几间小房。我很自然地联想到山西的悬空寺。

　　一个山里的女人已经等在这里了，估计她早已注意到了向山上攀登的我们。她的头上系着一条花格巾，穿着花裤子，腰上扎着大围裙。她拿出一坨超大个的香蕉，一个能有半斤多，人民币 3 元 1 个，多多买了 4 个，一是品尝，二是补钾。

　　从这里能看到一条 202 米长的大瀑布，银色的长链从天而降，在绿色的丛林中冲开一道生路，那罕见的美妙、那飞扬的气势令我们欢呼雀跃，虽然爬了那么险象环生的山路，一睹久违了的大瀑布的风采也是值得的。

　　小憩后，又开始费力地下山。到了下边，我们便看明白了，发现完全可以从下边的路缓坡行进，这一定是山里人想让徒步者别落下山顶的几户人家，才将红白杠的路标指向山上，让我们绕路，走不是路的水道，至少多走一个多小时。

这个世界顶级的徒步路线是成熟的，走在路上只要注意找到红白两色的路标就不会迷路。每次看到路标，我们都会对曾经走过这条路、又精心留下路标的人表示敬意。

无边的大山，上上下下多少次数不清。

一边大河，一边峭壁。我们在石头山中爬上爬下，踩不实会滑倒，一路走得艰难。

眼前这条河值得介绍，叫马斯扬第河（Marsyangdi）是一条纵横安纳普尔纳自然保护区的主要河流，全长 150 公里，由沿路的高山融雪汇集而成，无数个村庄沿着这条河流散落其间，诸如 Syange 便是其中很不起眼的一个，而Chamche 则是比较大的村庄了。马斯扬第河可谓安纳普尔纳西北地区的母亲河。在我们整个徒步最初的几天里，几乎就是沿着马斯扬第河下游一路徒步到上游的。

山羊成群地从山顶向下移动。那洁白

的山羊很漂亮，大耳朵像小扇子，还有点像狗的耳朵，耷拉着，中间还带一条黑色的杠，简直像宠物一样。

我属羊，我急忙仰头拍照。太专注，脚下滚石一滑，头与山石相磕，几秒钟额头便鼓起包来，使劲儿地揉也不管用，好像要长出一只角来，幸运的是没磕到眼睛。但不抱怨，要玩得独特，不付出点学费怎么可能呢？

我用头发挡住额头，不想让多多和二姑娘为我担心。

又翻过一座大山，我们突然惊呆了！

视野打开一扇大门，天地突然无比开阔，那是山谷的底部，是一大片河滩和牧场。淡绿色的马斯扬第变得温顺平缓，河流在平展的河道上恣意汪洋，纵横交错，画出最美的图案。银灰色的沙洲细腻得像绸缎一样，与碧水交织，使我们惊讶得目瞪口呆。

真想光着脚丫在上面走，那是多么咩咩呀（像山羊一样自在）。可背着大背囊脱鞋还得哈腰很吃力，再说鞋还得拿着。

前行不远，就是 Tal 镇，是 Manang 地区最南端的村庄，最早的居民是藏族。这儿能看到飘扬的经幡、一座白色的佛塔和大环线上第一面玛尼墙。在两侧高大山脉的反衬下，这个小镇就像一堆整齐的积木，唯一一条小街两边的房屋都是彩色油漆

刷的，整洁干净，院子里是草坪花园，店铺相连，旅馆一家挨
一家，露营地也不少。这里还有饮水站、ACAP 检查站、信息
咨询处、煤气站和一所条件不错的医疗救助站。

　　村庄所在位置曾经是一个由于塌方阻塞河道而形成的湖（tal 的意思就是"湖"）。Tal 原来依靠与西藏的贸易得以发展，从过去的影像记载和见闻里能看到马匹被拴在木桩上，或者就在村里四处游荡，颇有些美国西部电影的味道。

　　可以想见，徒步旺季这里将是多么热闹繁华啊。

　　我们在小街最西边的一家餐馆就餐，这顿饭吃得特别香，有点类似扬州炒饭，可能是又累又饿，相当于吃了顿珍珠翡翠白菜汤的那种感觉。

　　再上路依旧沿着马斯扬第河的右岸行走，峡谷收缩变紧，依然是陡峭的山路。有时在大石崖下面的缝隙穿行，需要走过蛮长一段岩壁上凿出来的栈道，贴着悬崖边上通过，真是很危险，不仅需要体力，还需要加倍小心。

　　天擦黑时，我们抵达 Dharapani 村。

　　村口设有检查站，检查我们进山证时，多多好奇地查看记录，得知最近几天，在我们 3 人之前已有 17 人到此。这个季节这里最冷，是旅行淡季，徒步旅行的人非常少。我们入住的客

栈仅有我们 3 个客人，老板娘十分欣喜，还从地里摘下柿子让我们随便吃。

客栈洗澡间很小，热水器的水也不太热，可有略胜于无，我们都不失时机地洗澡更衣。

在尼泊尔徒步线路上，几乎所有的客栈都有卫生间和浴室，有的房间自带，有的是公用，与想象中的偏僻落后大相径庭，客栈的卫生间和浴室都很干净，绝无异味，这与客栈老板每天打扫和徒步者的自觉维护不无关系。

途中所有客栈都算上，每次点完餐，都得等很久才能端上桌，我们已经习惯了耐心等待，边等待边拿出地图，研究一下明天的行程，这几乎是每天的必修课。

晚餐后，回房间，整理一下东西，马上睡觉。

微信摘录

我每天必做的一个规定动作是发微信，免得亲朋好友们惦记。常常是多多催促我：还不睡呀，明天能走动了吗？

我是在补充精神食粮哦。

又是各种各样的祝福、点赞与鼓励。

明哲：千山鸟飞绝，万径有人行。一路奇绝景，惊美朋友圈！水畔一黑马，石径过羊群。打油诗一首，感谢代游。

　　林德昌：你征服的不是大自然，而是在征服自己；你挑战的也不是大自然，而是在向自己挑战；人生只有不断地挑战自己，才能不断地取得常人得不到的快乐。

　　Qingqing：今天是平安夜，祝你们三勇士平平安安。

吓着了，那威严的国王

12月24日，徒步第3天，行程14公里。一路上，经常会与雪山不期而遇，给我们一个个意外的惊喜。在马纳斯鲁峰下，突然裂开的云缝将安纳普尔纳二峰推到眼前，吓到我们了。抵达温泉小镇Chame（海拔2670米）时，温度由零上26摄氏度下降到10摄氏度。

走过大片的原始森林，我们走进周围都是栅栏的小山村。进出村子都要登着梯子翻墙，可能是防止野生动物进村或是免得家养的牛羊走失。我们从那立陡的简陋梯子上面蹦下来，觉得很好玩。

这个村庄外观很随意，是一个具备显著藏式风格建筑特点的地方。老旧平顶石头房，对着高高的木柴垛。据说以前的村子比现在要大，1995年11月10日，连续下了72小时的暴雨引发泥石流，冲毁了部分房屋、客栈和水车，并夺走22条生命，其中有11位村民和9位游客。村子中央的佛塔是对死难者的纪

念。在安全饮水站附近的路边还可以看到一个英国遇难游客的墓碑。

　　出了村庄，走在山中的羊肠小道，贴着山腰有狭窄的公路，我觉得比山中的小道好走些，至少不用一会儿上一会儿下。于是我们有了一次短暂的分兵两路，约定在前方有河流的地方会师。小河上不是建造的大桥，而是用一根独木横在上面。前面有村子，通向那里的是正在修的柏油马路，有的地方刚刚铺上石子，走在上面很硌脚。

　　硌脚的路，也比爬山的路轻松。眼前就是很陡峭的大山，我们几乎是手脚并用向上攀登，感觉很吃力。山上是喜马拉雅松和冷杉林。再向上，古木森森，树干几个人才能合抱得来，老树皮呈现出的沧桑感有种奇特的美。

　　上到半山坡，阳光很足，山间的路顿觉较为平坦，到这里可以喘口气了。热得脱下外衣，仅剩下短袖，裤子也只剩下了一条。

　　一对美国来的小夫妻，也在这里换了衣服，我们兴奋地点头致意。

不敢久留，因为温度不高，由于不停歇地爬大山，整个人体机器都运转得发热了，停久了会迅速冷下来。

再出发则是一段和缓的爬升，雪峰时隐时现。大约走了40分钟，一路上不时能看到前方的安纳普尔纳二峰（7937m）。

近午，经过一个超美的小山村，名字叫 Danagyu，这里海拔2300米。这是一个狭长的村落，山坡上是一个个彩色的房屋。这个村落的许多村民是从我们刚刚经过的发生泥石流的村落搬迁过来的，仅有一条街道，路边修起了多家新客栈，还有露营区。

刚才遇到的那对美国小夫妻，还有第一天徒步遇到的德国小伙，都脚前脚后地赶到，因这里太美了，都忍不住停歇下来。大家好不惊喜。

　　多多兴奋地把大家召集在一起，以雪山为背景合影。能在这条线路上徒步的，都不是一般战士，至少都是无所畏惧的，都是对挑战自我感兴趣的，都是有非凡意志力的。我们惺惺相惜，互相欣赏，虽然不能永远在一起，但可以让我们在这时这刻定格为永远。

　　刚刚 11 点，本不该停留，可我们经不住周围美景的诱惑，个个都挪不动步了，遂在此午餐。

　　爬山已够累，多多指着山坡上需走很长的小石阶才能上去的客栈说：到那里就餐，那里望得远。

于是，我们像冲锋一样上去了。

想不到的是，上面是块很大的平地，还有一栋很大的二层楼。沿着旁边的木楼梯爬上去，哇，篮球场似的一个大阳台，情不自禁欢呼起来！

周围古木参天，绿色的松树插入蓝天白云间。一圈是三种不同的山，有的绿色如黛，有的银光闪烁，有的裸身赤体，白云在山尖飘移，美不胜收。

一位尼泊尔小伙子笑盈盈地来到我们面前。他穿着一套绛红色的土布服装，衣服上镶嵌着一圈大宽花边，裤子是肥大的散腿裤，典型的尼泊尔人装束。

多多擅长点餐。这里有鲜牛奶，我们每人来了一大杯。又

点了卷饼，蔬菜炒饭。途中吃的东西品种虽然不多，可咸淡相宜，总能吃得下、吃得饱。

善解人意的太阳，暖洋洋的。我们在等待上饭的间隙，将行囊全部打开，掏出总是干不透的衣物，在栏杆上摆起龙门阵。衣服、睡袋、鞋、手巾，全部家当都摊在阳台上，大晾起来。

多多连鞋都脱了，把鞋垫也掏了出来。他说这么好的太阳不好好利用太可惜了。

勤快的二姑娘趁机洗衣，好像今天不走，要在这里扎营似的。

这是一个值得记住的地方。这里是哪方地域呢？问当地人，语言不通，越说越迷糊，索性不问了。

多多干什么都较真，铺开地图，仔细对照路线，一点一点地查，终于弄清了。我们面对的是马纳斯鲁一峰，山下是高原湖泊。

这里应该是 ACT 大环线上第一个可以看见马纳斯鲁（Manaslu）的村庄，但只能看到一角。海拔 8156 米的马纳斯鲁峰是世界第八高峰。这座美丽的雪峰以其舒展的立面构成了马斯扬第河谷震撼的东壁，它的名字源于梵文词语 manasa，意为

"灵魂"，马纳斯鲁因此被称为"灵魂之山"。

　　1950年，著名探险家比尔·蒂尔曼和吉米·罗伯茨到达安纳普尔纳山脉北侧，在马斯扬第河沿岸的几个地方瞥见马纳斯鲁峰后，引发了强烈兴趣，开始对山峰进行探寻。英国人首先尝试攀登，但顶峰最后是在1956年5月才被征服，作为真树裕子（Yuko Maki）登山队的成员，今西藤泽（Toshia Imanishi）和坚赞罗布（Gyaltsen Norbu）沿拉恰冰川攀登成功。1972年，韩国登山队遭遇雪崩，5名登山队员和10名夏尔巴协作遇难。1996年秋天，两名严重冻伤的日本登山者通过直升机戏剧性地获救，但两名夏尔巴协作却在下撤途中遭遇雪崩身亡。事故发生在大约海拔6300米一号营地上面的冰瀑处，直升机紧贴着一个冰塔的顶部盘旋，被围困的登山者抓住伸出的轮子爬上机舱获救。该事件被认为是当时尼泊尔境内最大胆的救援行动之一。

　　在我国有一支成立于1992年底的"中国西藏攀登世界14座海拔8000米以上高峰探险队"。该探险队先后共有21名藏族队员参加，其中，次仁多吉、边巴扎西、洛则3名登山队员历时15个春秋，全部登顶世界14座海拔8000米以上高峰，成为世界上第一支征服所有14座海拔8000米以上高峰的登山队。2017

年 7 月 12 日是登山队 10 周年纪念日，西藏自治区体育局在拉萨举行纪念仪式、论坛等活动。

征服马纳斯鲁峰是在 1996 年。那年 3 月底，攀登路线上雪崩频繁，到处是破碎的冰川，特别是在 5900 米附近，有几处极为险峻的岩石坡，曾有 17 名韩国登山者在此处遭遇雪崩遇难。A 组队员凭借丰富的经验快速通过了这段险路，但因为连续两天两夜的大雪，队员们只能快速下降至大本营。第一次突击计划失败。探险队上至 6500 米处，营救了墨西哥探险家卡鲁斯和另一名队员。一名德国队员得知后，来到中国登山队大本营，竖起大拇指说："中国队员的这种举动，远远超越了登山探险本来的意义。"

5 月 3 日早晨 4 点，登山队再次发起冲顶，A 组队员次仁多吉、边巴扎西、仁那、阿克布从 6730 米的突击营地出发，他们没有携带氧气。当到达 7500 米处时，遇到了一段 80 度左右的冰壁，他们架设保护绳索和金属梯，以交替保护的方式攀登。当日 14：50，A 组 4 名队员成功登顶，当晚下撤到 C2。同日，B 组队员旺加、加布、洛则和达琼也成功登顶。

迄今为止，全世界仅有 13 人完成了登顶 14 座独立高峰的壮举，还有 22 人逼近这个目标，其中 6 人在奔向圣殿的途中成为悲壮的休止符。

凝视着马斯纳鲁峰，我的眼睛一次次地湿润了。那白的雪，红的血，交汇成英雄的壮举，穿越时空，在天地间荡气回肠。在英雄面前，所有的高山都失去了悬念。我们如此近距离地面对那一个个登山家攀登上去的山峰，仿佛看到那在风雪呼号中

不懈移动的身影。联想到第一个无氧完成攀登世界 14 座 8000 米以上山峰的登山皇帝梅斯纳尔，他最终失去了 7 个脚趾。他算是幸运的，而攀登最后一座山峰即将大功告成的西藏登山家仁那却倒下了，还有更多的仅差一步就成功的登山家。我的意志怎能不被这前赴后继、不屈不挠的精神滋养呢？

这是一个史诗一般的美丽地方。

四周高大的山峰慈爱地俯瞰着远道而来的三剑客，把最美的光影流动、最洁白的大片云朵、最宁静的高山草场呈现在我们面前，让我们大饱眼福。

当我们吃饱喝足，背上行囊再上路，梦幻般的奇妙景色始终保持着最惊人的维度，令我们走起来忘掉疲惫，总是在不断地兴奋和惊叹中向前。

接下来的不期而遇，令我现在想起仍心生悸动。我该怎样描述遇到海拔 7937 米的安纳普尔纳二峰的情景呢？

当时，我们正大步地拄杖而行，我们在高山上，离被厚厚的白云堆满的蓝天很近。那时候，估计在山下看我们可能是看不见的，人就在云雾中。突然，厚厚的白云瞬间裂开一道缝，露出了银色的山峰，就对着我们的脑门，那么近，那么清晰，如果仅仅是普通的雪山也就罢了，偏偏是敦实的半身人形，像威严的国王望着我们。那一瞬间，我真的吓了一跳。

尤其二姑娘，直说，吓死我了。

多多虚张声势地道：我掩护，你们赶紧往回跑！

因为一直看到的是头顶上的云，哪曾想竟然藏了一座威风凛凛的山！是故意吓唬我们这些来自城市、来自平原的人吧？

还是故意对爱山的我们震慑一下，展露一下雪峰的威严呢？还是为了加深我们对安纳普尔纳二峰的印象故意来这一手呢？

我们一行三人，一路上一点儿也不寂寞，因为有看不完的美景。

边走边聊，两位年轻人都是马拉松大神，大咖级别的，讲述的故事见闻令我长了不少见识。许多我没听说过的人多多都知道，许多我未见过的人二姑娘都见过，比如那个叫珊瑚的跑神，二姑娘与她交往甚密，是很要好的朋友。我真羡慕极了。

　　从 Danagyu 小村出来,路线开始爬升,植被有了明显的变化,到 Timang 的大部分时间都是在松树和杉树林中穿行。那树林很干净,没有杂草,地上铺满金色的松针,有的地方是遍地松塔,被树梢间泻进来的阳光照得斑斑驳驳。偶尔踩上个枯枝,咔嚓一声,以为有什么东西入侵,会吓自己一跳。

　　这样的路很松软,只要注意不被裸露的树根绊倒就 OK 了。有时会遇到山脉冰川融水形成的湍急小溪,不过没关系,因为有壮丽的风景做奖赏,再难走的路也觉得值。

　　在一片稍显开阔的河谷上,过了一座索桥。

　　途中的景色不知不觉地渐变着,天越来越蓝,云越来越低,石头路少了,雪山多了,就连为数不多的村庄也由尼泊尔风格逐渐变为藏式风格,转经墙、转经筒、白塔,都出现了,仿佛

来到了西藏。

傍晚，我们到了Chame小镇，这里海拔2710米，是出发以来最大的小镇。刚进镇时有一道长长的玛尼墙，上面镶有转经筒。因为这里有温泉，徒步者趋之若鹜。我们来时是淡季，当然不用担心人多了。根据村口的图示，我们从大桥头向村尽头的河边寻去，找了一个离温泉尽量近的客栈。

那是一幢木制的二层楼客栈，楼的对面就是餐厅。

放下行囊，多多忙着去餐厅点餐，我迫不及待地去温泉。

每到一个地方我只管自己玩，其他一切都有多多呢!

那泉名声那么大，浴池那么小，是水泥砌的，是露天的，旁边就是浩浩荡荡的大河。

下了很多级石阶，才看清泉水的模样。

那泉水热气腾腾，缭绕的雾气中，已经有两个当地姑娘在那里泡汤了，其中一个的头发齐腰长，抹了洗发水后，将冲洗的水撩到池子外面，流走了。另一个姑娘在池边洗衣服。

顾不了许多了，再小的池子，流淌的也是温泉水，多日不曾洗个透亮的澡了，这水对我太有诱惑力了。

我急忙跑回房间，换上泳衣，带上洗漱用品，去泡温泉。

温泉的水温很高，涌动的泉水很急，不过水是很洁净的。一下子进去太烫，只能一点点地适应，全身进去后，暖和极了，就那么泡着，相当解乏、舒爽。索性坐到石头底，只露出脑瓜，就像一个坐在井里观天的青蛙公主，更有两位尼泊尔美女一会儿递过来一个微笑，心情超好。

　　这一泡，洗掉几日的风尘，真的爽歪歪。

　　天渐渐暗下来，两个尼泊尔姑娘一直友好地冲我说什么，还将洗发露递给我，问我用不用？我听不懂话，但意思都明白。每一次交流，都引来朗朗的笑声。

　　天上的星星隐隐地出现了，河水滔滔地唱着歌，两个姑娘已经洗完，上边还有两个小伙子坐在岩石上，是在等着泡温泉吧？

　　这里没有灯光，只有满天的星光，好浪漫的温泉浴！

微信摘录

今天的微信发布后，感叹声响成一片：我的天呀！真美啊！太震惊了！跟外国人混一起了！云雾山巅骤然消散，惊现一座雪山，太震撼了……

我回复：这样的情景越来越多，这样的意外惊喜、意外感动都令我兴奋不已，你们等着给我点赞吧。

山顶有人家

12 月 25 日，徒步第四天，极拼的一日。就像与风车作战的堂吉诃德，空城中感受生命的暖意。天黑前赶到 Ngawal（海拔 3680 米），行程 23 公里，爬升 1540 米。这种高海拔大山徒步是我有生以来第一次，真考验人啊，一天下来，我对自己都要重新刮目相看了。

早晨四点多，多多起夜，我纳闷，室内有卫生间，干吗往外跑。不一会儿，回来了。再过一会儿，又出去。

我心咯噔一下，多多一定是拉肚子了。

急忙找药，给他。他说，拉什么肚?!

我猜错了，原来他在延时摄影!

六点钟，待我开门，又吓到我了。雪山啊，好像就在房顶上，简直伸伸胳膊就可以触碰到。这也太亲近了，简直零距离。阳光正在点亮雪山，有一层薄云缓缓地移动，像一炷佛香，正在雪山顶上升起淡淡的白烟。雪山的每一条纹路，每一道沟回，

我都看得清清楚楚，怎么会是这么亲昵地呈现，让敏感的我情何以堪？

该吃早餐了，却舍不得让雪山离开我的视线，到餐厅想快速解决战斗。早餐很精致，牛奶是每顿必有的，饺子包得很像样，是麦穗式的，好看也好吃。

没等吃完，老外跑进来，兴奋地召唤我们，我们又跟出去。

转眼间，那雪山变成金色的了。不知哪里传来袅袅的仙乐，仿佛在给这神奇庄严的画面配上音乐，令我心灵升腾起一种圣洁的感觉。

有人猜想，这个雪山是安纳普尔纳二峰。是不是呢？一时无法证实，那就无所谓了，只要是安纳普尔纳的雪山就足够啦。

雪山，雪山，你是爱我们的，用这么美丽的姿容犒劳我们。

雪山，雪山，你并不体谅我们，连顿早餐也不让我们吃得消停。

整装出发了，告别了，这个美丽的小村庄！告别了，热腾腾的温泉、碧涛奔涌的河流！

村口的门是在白塔中间，华丽而庄重，穿过白塔的门壁，两边是两排被摸得光溜溜的转经筒，经过此门的人大多会顺手拨动那转经筒。

相传转经筒每转动一圈，就等于念了一遍刻在上面的经文。风吹过经幡，经幡每扬动一下，就相当于念了一遍上面的经文，

不过因为是风力扬动，这念经的功德自然归于这片土地喽。

一路上与安纳普尔纳二峰相伴，那冰清玉洁的美，总是令人百看不厌，尽管每一天都与雪山为伍，我们总会时不时地驻足凝视巍峨的雪山，总看总新鲜，总看总也看不够。

每天的路况也是多种多样。石头路尖硬，走在上面硌脚；沙土路带起的浮尘，如腾云驾雾；最喜欢走的那种林中路，铺满松针和松塔，脚感舒适。可惜这样的路随着海拔的增高渐渐绝迹了。

今天开局不错，在头两个村子那儿提了速，节省了很多时间。到第一个村用了 6 公里，从这里到第二村用了 4.8 公里，再行 2.8 公里就可以到山顶上的第三个村 Upper pisang，我们计划在那午餐。

计划是计划，落实起来可大不易。

开局还算顺利，可爬到半山腰，起风了。

那大风好像不怀好意，仿佛要将我们掀翻，吹下山崖。

我不敢直腰，一直弓着身子，紧贴山壁而行，这样会减少风的阻力。

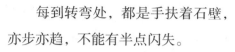

每到转弯处，都是手扶着石壁，亦步亦趋，不能有半点闪失。

这是有名的 27 个之字弯，全部向上，坡度很大，崖陡风大。

我们仨一个挨一个紧贴里侧行，风来了，总像是要将人卷入万丈深渊，有时不得不停下，循着风喘气的空隙快步通过危险地段。

每到险处，多多在前，二姑娘断后，我在中间。

停下喝水要快，不然几分钟就吹得透心凉。

乌云在阳光下很诡异，陡峭的大山很压抑。

遇有观景台，只有多多还有力气登上去。我是多上一厘米都觉得多，能省点儿力气是一点。

在一个转弯过后，有一块稍宽的地块，我们不约而同地停下，抓紧喘息一会儿。有意思的是竟然有一头老牛也在这里避风，那里还有一个小水池，一圈的水冻成绿汪汪的冰溜。老牛正在小小的冰窟窿取水，看着都凉啊！

　　不能久停，满身的汗水会变得冰凉，甚至会发生身体失温，那是最危险的。

　　终于，我们爬上山顶的那个小山村了。

　　这里房屋不在一个平面，而是依山而建，一家比一家高。从村子房屋建筑的风格看，这个村庄住的都是藏民。

　　除了风声鹤唳，这里看不到任何生命的迹象，几乎家家闭户，简直是鬼城。我有点儿担心。

　　我们大声呼叫：有人吗？一遍遍。

我们从下边向上走，边走边唤。

当我们几乎到山顶上时，石墙后面探出一个脑瓜，答应了一声。

这里还有留守的一家人。我们大喜过望，别的不说，起码可以吃到热乎饭了！

我们转到一个狭窄的小路，七拐八拐地进了这户人家。这不是什么饭店，也不是客栈，可我们想在此午餐的意思，主人懂了。

女主人将怀里的孩子放到摇篮里，开始为我们做午餐。

这家 3 口人，男女主人，还有一个 5 个月的小宝宝。阳光从窗棂直射进屋来，晒着摇篮里那穿着棉衣的胖墩墩的孩子，晒着孩子胸前那块银质的长命锁。

男主人说，风这么大，树都刮倒了，最好住下。

我们没有点头，也没有否定。看一看情况再说。

山顶上有一个喇嘛庙，我们放下行囊爬上去。寺院很宏伟，雕梁画栋，色彩鲜艳。除了风声刮得经幡呼呼地响，再没有其他声音。

我们背对着寺院站在那里，面对着浩阔雄伟的雪山，不知怎么，那雪山造型越看越像一尊巨大的菩萨，盘腿而坐，不言自威，越看越像，令人震撼。

逛一圈回去，蔬菜炒面端上来了。

这一餐，吃得很给力，刚才被风吹得晕头转向、昏头昏脑的我又满血复活了。

山风没有阻止我们的脚步，多多决定：逆风而行，继续前进。

于是，我们又开始在大山里上上下下，从海拔 3760 米下行，真有点儿不情不愿，费了洪荒之力才攀登上来，又要下行，然后，还得往上爬，真是苦不堪言。山中徒步就是这样上下变换，海拔越来越高。

山顶的鸟几乎绝迹了，乌鸦却成百上千地绕着山头飞，不停地聒噪。这在城市是绝对看不到的奇观。乌鸦是不招人喜欢的家伙，可在这里，它们的羽毛像披着绫罗绸缎，黑得发亮，再加上集体行动，那种同起同落同飞同翔的团队精神，实在令我感动。

下午4点多钟，终于按计划到了山中小村庄 Ngawal，倦鸟终于有巢可归了。

天上飘下雪花，阴云密布，找到客栈，急忙换上鸭绒棉衣。

这里停电，我们拧亮头灯。

到了餐厅，遇到两个韩国青年，听说我们今天走了23公里，大为吃惊，这是他们两天多的行程啊！我们之所以抢时间，是

为了赶天气，以防翻越 5416 米的垭口时变天。

　　客栈主人生上火，不相识的旅行者们围炉取暖，边交谈边晚餐，好不惬意！

微信摘录

关力：壮哉！彬彬辛苦了！

宋虹：太厉害了，佩服得不行不行的！

葛兰：太美了，太佩服了，你们母子俩太了不起了！

田瑞：彬彬在一步步地攀登生命的更高峰。

贾先生：第一张照片绚烂至极！

于克：奇迹能不能给别人留下点创造的机会？你们已经可以了！

安然：好美的风景，期待姐姐的凯旋！

谭广洪：彬彬姐，你简直太棒了！

冯胡兰：要注意休息，还原体力，不然高原反应也要命啊！

明哲：看图无限风光在险峰，看文字叙述步步惊心，真替你捏把汗！千万小心！雪山菩萨保佑你们！

田瑞：不要极拼，还有20余天的路程呢！

拜谒那个无名湖泊

12月26日,徒步第5天。气温零下5摄氏度。行走8小时,20公里。拜谒高原湖泊。抵达圣地(Shree Kharka,海拔4054米)最美的浴室。

天蓝蓝,云白白,阳光打在皑皑雪山上,一幕绝美的大片又上演了。

我一起床,就跑到室外,天很冷,瑟缩着,抽出手,东拍西拍。

多多仿佛什么都了然于胸,召唤我,这样的景色多着呢,赶快收拾东西吃饭啦!

连脸还没来得及洗呢。

院里水池边的水龙头被冻住了。

看看旁边的水缸,啊,水也被冻住了。

气温已经降到零下5摄氏度。

只好到厨房,向厨师要了一点热水,沾湿毛巾,擦擦脸。

早餐后,我们上路了。昨晚晾的内衣,冻硬了,只能挂在

行囊的外边。

　　原来最担心自己背负行囊徒步吃不消，几日下来，习惯了负重而行。

　　碎石路满目皆白，有点肃杀之气。我们沿着河谷踏霜而行。雪山一路相伴，我常常光顾着闷头走路，顾不得东张西望。因为我与两个年轻人同行，更重要的是跟上队，别拖大家的后腿。因为我不光是笨鸟，还是只老鸟哦。

　　多多忽然喊一句：回头看！

　　啊，雪山齐整地站了一溜儿。格林童话中只有一个白雪公主，而这里是一群白雪公主，那么典雅，那么不俗，姣好宁静，透着圣光，整个世界纯净得不含一丝瑕疵。

　　从这时起，后面的道路就像一条景观大道，撼世大片慢慢铺展开来。

　　这一路的风光层次感特强，无法想象在这样的海拔，雪山脚下丛林茂盛，松树苍劲挺拔！

　　每行五六公里就能遇到小村庄或客栈，因是旅行淡季，很多人家闭户下山了。

　　几乎每个村里都有寺院。我们见到一个较大的寺院，已有五百多年的历史。多多发现山崖上有洞，那一定是修行人的闭

修之地。

　　我们在这里流连，我想从寺院的正门进去，不料好不容易走到门前，发现锁头把门。只能在外面向里面瞭望。

　　高原上的牧场美不胜收，雪山、黄色的大草场，牛羊成群。路遇老牛，总是很礼貌地站在一旁给人让路。

　　最美的景，没有捷径。路过一个很大的山寨，多多在地图上发现距此不远的安纳普尔纳主峰下有一个高山湖泊，镶嵌在高高的山谷中。

走过路过不能错过。我们意见统一，直奔那个目标而去。

望山跑死马，望湖同样累死人啊。近在咫尺的湖泊，走起来像海市蜃楼，总是很难抵达。

过了一座长长的大桥，然后开始攀登。

那上山的峭壁小径太陡了，你不由得不紧盯着脚尖所指的方位，那个紧张，那个累呀，每一步都不敢疏忽，每一步都要踏稳，不然腿一软，就会一失足成千古恨。后来在网上发现，有人已经将这个坡命名为绝望坡了。

总算爬上去了，置身山顶，眼前又一番天地。

这是个高山花园，湖岸边有很多玛尼堆，上面刻有经文，五色的经幡飘飘。见到那碧绿透彻的湖泊，我把背囊扔到石头上，向湖边跑去。

湖面是晶莹的冰凌，下面绿汪汪的水静静地流淌着，亿万年的古冰川倒映湖面，碧绿透彻的湖被巍峨壮观的雪山衬托着……

那一刻，我几乎惊得怔住了。这一切都是真的吗？是画，还是梦？怎么会有这么神奇的组合？ ACT 大环线上究竟会呈现出多少令我惊奇震撼的景物，难道就是要让我难过得抹眼泪不成？我自诩为不长眼泪的人，可能是总也不哭，这个大环线上让我补上这一课吧！我难过的是，那景色美得太奇绝了，找不到恰当的词汇表达我的感受，这辈子当媒体人白当了，我在 ACT 大环线上彻底陷落了，我无法描述这神奇的大美境地。

拍照，拍照，不停地拍照，让这美景融化我，让我们在这里定格……

雪山徒步是一场修行，朝圣的终点似乎是海拔最高的陀龙垭口。可我忽然感到，这只是一个既定的目标，真正的快乐和收获，是在这个未知的不确定的多彩的过程中。

依依不舍地告别了高山湖泊，我们要把耽误的时间抢回来，一顿神走，抵达大环线上的重镇马朗（Manang），这里海拔 3540 米。所谓重镇就是旅店、饭店、小卖店多了几家。因为淡季，街道上几乎没有人影。

这是我早已如雷贯耳的一个地方，我的女友青青和她的丈夫约克，三年前的 10 月曾经到了这里，不爽的是遭遇一场大雪，积雪超过 1 米，他们和很多人困在这里，整整待了 3 天，才被飞机接应离开。听说我和多多要在 12 月至 1 月到这里徒步，她顿时很紧张，担心这是旅游淡季，是更深的冬天，途中遇到非常天气的可能性更大。她知道我们确定的行程不会改变，只是千叮咛万嘱咐。

现在，我们就在这里，在青青和约克未能完成旅程的终结地，真是百感交集。谢天谢地，老天还是很照应我们的。

为了赶时间，我们在一个小卖店买了饼干、泡面等，坐在有阳光的木凳子上，边吃边看风景。这里的房屋都很高大，那的石头片子并不规则，可砌得非常平整，像用刀削过一样。洁白的雪山就高耸在我们身边，在不冷不热的阳光下，显得格外冷峻，令我们对这些神山充满敬畏之心。

餐后，我们沿着河谷行进，路是缓缓上升的，途中看到安纳普尔纳三峰和冈噶普尔纳峰，海拔都在七千米以上。

抵达 Shree Kharka，选择了一个最好的客栈，反正都是免费的，为什么不选好的呢？

今天这里很热闹，先到了三位 60 岁左右的日本徒步者，不一会儿又来了一对日本小夫妻，加上几个背夫，厨房一下手忙脚乱起来。

反正一时半会儿吃不上饭，不若先洗澡。

这里有浴室。所谓浴室，就是一间空无一物的小屋，没有任何洗澡设施。怎么洗澡呢？可以 100 尼币（人民币 6 元）买一大桶热水，在这个浴室里洗。

天气很冷，好像怎么也缓不过来，若洗个热水澡，肯定会暖和过来的。可浴室没有采暖，担心洗澡感冒，高原上感冒是要命的。看来，只能把腿伸进桶里用热水泡泡，也是一种缓解

寒冷和疲劳的好方法。

浴室很小，但却有个很美的窗户，不是窗户美，而是窗外的景色美。这里正对着很美的雪山，我一下就被吸引了，无法自拔。屋子里没有凳子，木制的窗台是用来坐的，把双腿插进水桶，边泡腿边欣赏雪山，这是我这辈子也忘不了的世界上超级美的浴室了。

晚上照例在餐厅围炉取暖，坐在我身边的是一位长着一张娃娃脸、总是笑意盈盈的女子，她令我惊讶了。

她竟然身怀六甲，正在孕育小宝宝！我佩服得五体投地，她竟敢来徒步，太勇敢了！她说，得抓紧没当妈妈的悠闲时光，完成自己徒步雪山的夙愿，一旦有了宝宝，就不知何年何月才能轻手利脚地出来旅行了。

难怪她的丈夫那么小心翼翼地照料她，生怕她有一点闪失。

相比之下，中国的女子一旦怀孕，就变成了大熊猫，享受国宝级的待遇，众星捧月，备受关照，别说出远门，就连出家门都要千叮咛万嘱咐；并且自己也娇惯自己，稍有风吹草动便闭门索居，关在房间保胎，怕风怕雨。

这个日本女子是幸福的，因为她享受着丈夫顶级的呵护；她的丈夫是幸福的，因为他有一个勇敢的不寻常的妻子；她肚子里的胎儿是幸福的，当他来到世上，可以向全世界人吹嘘，他是世界上最先踏上旅途的小旅行家，他的徒步生涯始于娘胎……

那位 64 岁的日本白领，英语流利，他已经是第六次来这儿徒步了。三位老人一起结伴而行，我们品尝了他们带来的日本酒、鱼干、奶酪，多多当翻译，侃谈得好开心。

微信照搬

王桂枝：已经习惯彬彬的"出发"，也深信彬彬的健康与实力，我的心还是悄悄地悬了起来，为什么呢？

田瑞：其实我们的心也都在悬着。因为这次彬彬是一次充满了未知与挑战的远足。但还是相信她的智慧、意志、体能一定会完成这次更高境界的自我超越。

险些放弃的冰湖

12 月 27 日，徒步第 6 天。往返 9 小时，行程 23.6 公里。从海拔 4054 米的居住地，爬升到海拔 4955 米的提里措冰湖（Tilicho Lake），这是世界上海拔最高的湖泊。

我们要去那个著名的湖——Tilicho Lake。这是 ACT 所有分支路线中最精彩的一条。许多资料提醒，不要前往，冬季那条路上经常有雪崩发生，可我们还是去了。

我险些放弃。根据查到的攻略信息，到冰湖要爬过一座座山，上上下下 18 盘，通常速度走到那里需 5.5 小时，往返至少 11 小时。途中没有任何客栈、没有任何人家，甚至没有可以躲避暴风雪的山洞，必须起早出发，必须天黑之前赶回来，必须提速行进。这还不算，若遇上风雪，就有生命危险。必须搞清天气情况，否则绝对不能贸然前往。

我的渴望被外面风声鹤唳的寒冷降了温，守着火炉我还冷呢。

　　我的体能与两个年轻人相差悬殊，不想拖累他们。

　　放弃，有时也是一种智慧。

　　然而，吾儿多多不赞同。他说，二姑娘若走得快，就先走。他陪我走，我的热水瓶他背着，我轻装走，决不能放弃。

　　是的，放弃，我会留下遗憾。路上每次看到新奇的风景，我都像孩子一样欢呼雀跃，自言自语今生再无遗憾，安纳普尔纳从不让我失望，她不停地让我惊叹。

　　吾儿懂我。

　　我是个有点儿鲁莽的人，不泯的好奇心，使我咬咬牙，决定出征。像奔赴战场的战士，身体虽然有点落魄，右脚面的疼痛不减，可我的目光依然还很坚定。

　　真的不虚此行，雪山一路相随，大山的冰川遗迹、硅化木都一一呈现。

　　这里的峭壁让人愕然，就像一口大锅的底，无比的平滑，好像可以一下滑到谷底。

　　那山脊上的风痕就像工笔画一样细密，条纹笔直地从山峰划向山脚，形成一个个大的漏斗。

　　某一段大山又突然都是嶙峋的石崖峭壁，好像是一片冰川遗迹，巨大的石笋、石柱、石塔、石猴、石狗、石人，千姿百态，我们穿梭其中，虽然很不好走，可却乐趣无穷。

　　还有的岩石像硅化木，一片一片地叠着，只是没有考证。

　　有很多泥石流路段，那大山坡像刀削一般，一不小心踏空，就会滑进深谷，我们三人只能手拉手通过。

随着海拔增高，雪线上冰雪也愈发深厚，多多在前，我们高抬腿，踏着他的大脚窝走。

每当上坡，我都气喘如牛，高原反应无法避免，二姑娘脸都肿了。

多多不住地提醒我："雪镜呢？不怕雪盲啊！"

已经到了雪线，手都麻木感觉不到冷了，若是不戴手套，就会被冻伤。

每走一小时左右，都要喝上一小杯热水，不渴也得喝。在这高海拔低压缺氧地区，人体内血液浓度升高，喝水就会加快血液循环，减轻心脏负担。

翻过了一座座雪山，不知是鹰还是雕，张开巨大的翅膀在脚下盘旋。

听说这里经常有雪豹出没，若是能看到多好！

又一想，雪豹若是看见我们，远远地就逃跑了。

雪山已与我们在同一水平线。起初我怕跟不上，尽量少拍照。后来，我的脚都站不稳，根本不可能拍照，累得几乎快崩溃了。

偌大天地间，只有我们仨，走过峡谷地带，就是雪山脚下的雪原，多多冲到前面去了。

我闷头走了很久，却总也走不到边。看到经幡飘动了！多多站在那边向我们挥手，大声喊："最后 50 米！"声音虽然被冰雪吸声了，显得很微弱，可还是给我们动力，我鼓足力气，尽量让自己的步子大些。

在高海拔行进，每一步都是要付出艰辛的。

终于到岸边了，我惊呆了。

巨大的湖面，一半是碧蓝的冰湖，一半是银色的冰面，中间划出一个漂亮的弧度，像中国"S"状的太极图，周围雪山环绕，冰湖以奇绝的颜值迎接我们。

静静地，没有一点儿人声，唯一的一间小屋锁头把门。

我们三人怔怔地站在那里，简直像是伫立在世界的尽头或者是在月球上或者是在其他什么星球上。我们成为这大美境界的独享者。

那个奇妙的时刻，身体和精神倏忽分离开去，所有跋涉的艰辛和某种切实的疲倦统统消失了，心里一片澄澈，大脑一片空白，自己真的轻如鸿毛了。而此时，那个轻极了的我，仿佛正在羽化升仙，抵达了一个临界点，向上飞呀，飞呀，真的物我两忘了，真的自由自在了。

一辈子能有几次这样的忘形——忘形地走一段路，忘形地爬一座山，忘形地讲自己的故事，忘形地爱一次旅行。

此时，忘形了，我们忘形了！

多多在冰雪上跳高，这可是海拔近 5000 米的地方啊！

我们在一尘不染的湖面的雪上打滚、趴在雪上、坐在雪上、跳在雪上，拍下了各种姿势的照片。

我们的一举一动都被冰湖看得一清二楚，冰湖一定会感念我们的虔诚，不然，那么多的大山怎么让我们一座座地攻下，让我们幸运地来到她的身边，又保佑我们平安地返回呢？阿弥陀佛，冰湖，我们为你祈祷，你永远美丽地存在于宇宙间。

回程时，再走一遍已征服过的大山，没有了担心和恐惧。每当下坡，多多教我跑步下山，腿微弯曲、步伐要小、要密集，他在前跑，我在后跑。

我跑累了，慢下来。多多就会在前边大喊：跟上！

他说，这正是练习越野跑的机会。

高原练跑，还有这么带着母亲训练的吗？真不知儿子要把我打造成什么人物。

多多跑上了瘾，我哪里跟得上？二姑娘和我顺其自然地加速，连跑带颠，落在多多后面。

当我们过了一条冰河，到了一个客栈，多多正在那里等，我到了又等一会儿，二姑娘也到了。我们在此简单地补充点能量，又出发了。

这里到驻地的路只此一条，大约 4 公里，多多交代一下，说他先快走，回去点餐，免得我们到那儿，一时半会儿吃不上饭，

会饿的。

多多想得周到，他先走了。他是飞毛腿，尽管我和二姑娘走得也飞快，可还是远远地落后了。待我们到达客栈时，多多已点好鸡蛋、炘土豆、面条、炒饭、炒面卷。

别人看了眼晕，这是几个人的份呀？二姑娘看着一桌子好吃的，笑起来，给多多起外号：别叫刘知多了，叫刘吃多吧。

这顿饭吃得很香，因为我们完成了冰湖之旅，有种特殊的成就感。

住在这里没有去冰湖的几位看着我们凯旋，眼神里充满了羡慕和佩服。

吃完饭大家又都围炉而坐。

炉火映照着一张张红红的脸庞，炉膛里的牦牛粪忽明忽暗。

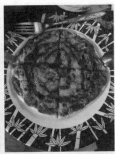

餐厅的门关不
紧，出出进进总得重
新拽一下，若关上门
插，总有人进进出出，
得不停地开门插门，
我坐在门口，自然就
肩负起这个任务，所
以这一晚，我听到的
"谢谢你"最多，几大
箩筐也装不下。

我们住的客栈还
有个秘密，这是多多
发现的，谁能想到搞
经营的人不识字不会

算账？这样的人让我们遇到了，就是我们客栈的老板，夫妻俩
竟然都不会结账，不会算账。我们点菜，都是自己往他的本子
上写。多多告诉我，我还不信。

第二天临走结账，多多告诉我，我们的费用是老板让多多
自己算账，然后将钱给老板即可。看来真有没文化搞经营的呢！
这只有在朝圣的路上才能办得到，这需要买方卖方的相互尊重
与信任，凡是来徒步的也都是世界各地最纯净的好人，没有人
行骗，不然他的这个客栈早就开不下去了。

我更加感到这里是一片净土，在这里住上一宿，是我的荣幸。

微信摘录

客栈没有网络信号，昨天写了微信未发，今天仍无法与众亲分享。

我会天天写，待到有信号的地方补发。

老芳：我怎么看得眼睛有点热呢？

于克：无语，62岁高龄！海拔五千余，负重攀登！老天保佑！

苏培根：身体为重！

陈向东：这次行程不容易，但一定很幸福。人生能有一次这样的旅程都值得回味一生，而姐姐的经历真的可以说前无古人！

田瑞：妈妈毕竟年过花甲，为暖心的儿子点赞！体力消耗太大，多吃些，补充能量。

跨国围炉音乐会

12月28日,徒步第7天,行程10公里,耗时5小时,抵达一个山中小村YAK KHARKA,海拔4050米。客栈就在雪山旁,向下望是大峡谷,滔滔融水呼啸奔流。此时,我就面对雪山而坐,晒着暖暖的阳光,品着茶,这里有信号,又可以与亲们分享我的感受了。

我走过万水千山,这一次却体验了以往不一样的旅程,见识了许多不曾见过的世面。尼泊尔真是高山王国,我们每天上山下山走不完的大山大河。神往的雪山每分每秒都注视着我们,雪峰上的"日照金山"我每天早晚都能看到,雪峰上被风吹起的奇云常令我们驻足。山羊、牦牛在山上悠然地玩耍,我每一天都享受着大山大河带给我的一种远离尘嚣的宁静。到处可拍可摄,信不?闭上眼睛按快门,都是难得的一见的获奖作品!

我们迎着朝阳上路了。那光线是泛着淡淡的金光的,仿佛山野峡谷都披上了袈裟。走出不远就惊喜于一个小湖,那湖水

怎么会那么绿啊，比树木还绿。

山上布满野蒺藜，红色的树丛，红色的尖刺，美是美，就是没谁敢惹它，许多野生动物都会望而却步，所以它得以漫山遍野泛滥，泛滥成大片的红色的海洋。

此次徒步四条线路一起完成，行程大约400多公里，平均每天20多公里。我已习惯了高海拔负重而行，虽然上坡很吃力，那真叫累死人不偿命。多多总在问："行不？""按照自己呼吸的频率走。"我答："没事，我行。"

是的，我要一步一步往上攀登，这种磨炼是自找的，谁也无法为你"买单"。

前面有未知在召唤，身边有吾儿在引领和鼓励，爬过这些大山，我和吾儿的人生又增加了一个彩页。

天蓝蓝，云悠悠，雪山峡谷更风流。

累了偶尔靠在岩石上小憩，那洁白的云朵就在脚下的半山腰缓缓移动。雪峰与白云相挽相携，山在云中浮动，云在山中穿行，云是山家乡，山是云之源，不仔细分辨根本看不出哪是云、哪是山，有时甚至能感到云气就在身边缭绕，那气息清冽甘甜，沁人心脾。噢，我就是一朵云了。我们在白云的簇拥下，在雪峰的注视下，愉快地行走着。

依傍着挺拔的雪峰，那磅礴起伏的云海也是另一个世界吧。怎奈我等鼠辈只能观其皮毛，无法看清其中的奥妙。

绕过这个山头，来到山的另一面，竟然出现一块小平地，刚好容下一个小卖店。途中遇到的每一户人家，都令我们兴奋不已。在那么高海拔的大山难得见到人家的，每一个迎候我们的地方，我们都不会望门而过，

有两位外国小伙子已经捷足先登，他们在院子里唯一的长木桌边坐着，一边观景一边喝着咖啡。

我们放下背囊，与他俩打了招呼，在这里小憩，喝点水，

聊聊天，歇歇脚。这两个外国人很年轻，其中一位卷着裤腿，穿着洞洞鞋，一头乱发，满脸胡茬，感觉是在外漂泊已久浪迹天涯的人，连眼睛都透着一种野性的光芒。我对奇特的人很"感冒"，让多多给我们合了影。

小店的房屋很矮小，里面黑乎乎的，货物极少，主要经营餐饮。高山运货靠背夫，大不易，但决不宰人，果汁饮料，100尼币1盒（合人民币6元），特别超值。真是好喝，那是山里野生的浆果制成的，果汁很浓，甜酸的，很爽口。

多多还发现了自制的奶酪，大块状的，黄澄澄，纯正绿色，立即买了。这个东西最抗饿，味道也是好极了。后来，多多还想买这种奶酪，可再也没见到。

下午两点多钟，我们到达 Yak Kharka。远远就看到了几幢小木楼，一条小溪从门前流过，我们走进最大的一个客栈，院子里有两根长长的晾衣绳，上面搭满了五颜六色的衣服。

房间多是空着的，我们每人选择了二楼的一个房间。

然后，我们就去

吃午餐。令我意外的是，这里的菜品真丰盛，还有鲜牦牛肉，菜量也大，菜做得非常可口。

　　好吃的东西总是令人惦记。我们2点吃的午饭，6点多钟又吃了晚饭，可没觉得吃不下。晚间，多多一人点了两份牦牛肉拌饭，饭一端上，满屋外国人都"啊"了一声。多多也给我点的牦牛肉拌饭，这里的牦牛肉，都是单独用小坛装的，倒在饭里拌着吃。我们边吃边感叹说，只有在这儿才能吃到这么鲜嫩的牦牛肉。

　　的确，这儿的牦牛肉做得非常嫩。我在西藏也吃过牦牛肉，那可真是对我不大好的牙齿的严峻挑战，而这里的牦牛肉真的

是我一生中吃过的最美味的了。

今天是出发以来行程最短的一天，难得如此休闲。

我们告诉客栈内的小伙子，给我们每人来一大桶水，我们要洗澡、洗衣。店里的伙计照吩咐做了，不一会儿就乐呵呵地拎来水了。

自由支配的时间好像一下多起来，我在小村子里转了一圈，这里还有两家客栈，好像没有什么客人。徒步者大多喜欢聚堆，大概是凑热闹，也便于交流信息。

这里的大马似乎是散养的，在村子里随便溜达。那马是浅咖啡色的，毛发亮，很是漂亮。这里的牦牛在草场上悠闲地散步，那么沉稳自信，很有主人的范儿。

家家户户的房门上或是墙头都挂着或者放着一个大牦牛头，有的还披上哈达。我禁不住肃然起敬，这是高原上的民族信奉的图腾啊。这勾出我记忆中最熟悉的画面，我在西藏旅行时与在这里看到的情景几乎没有两样。

牦牛是高原民族最早驯化的牲畜之一，它不但耐寒、有超常的适应高海拔生存的能力，而且有善良且不畏强暴的个性，潜移默化地影响了整个高原民族的精神。牦牛用它的肉、奶、酥油等喂养着高山民族，用它的皮革和毛给高山民族以不可缺少的保暖原料，还可以在人迹罕至、交通落后的山区地带做运输工具……

那牦牛头被高原的阳光抚摸得那么纯洁白净，想到它作为一种精神代表被高高地供奉在那儿，不能不令人对它充满崇拜和敬仰。

这里的柴垛超大，多是扭曲的树根、树枝，但劈得整整齐齐，因为周围都是大石头山和雪山，这些柴火也是需要跑很远的路才能找到的。再就是地上晾晒的牦牛粪，一坨坨。牦牛身上真的没有一点废弃的东西，连粪都是高原不可少的燃料。

兜了一圈，回到驻地，二姑娘在阁楼的窗户向我招手。她躺在阳光充沛的窗台上眯了一觉，睡得很好。

　　太阳落山了，未干的衣服冻硬了，明天还得挂在背囊的外面，像飘着五彩旗。

　　今天这个客栈较大，与那些小客栈不同。到这儿如到家，一路上遇到的几位稀奇古怪的人，有两位什么都不在乎的嬉皮士，有一对可能是西班牙的情侣，有三位是在上一个客栈遇到的日本老人。所有人都很投缘，大概是自动跳过了庸常生活中人与人之间的屏障之类的东西。

　　在 4000 米以上地区，夜间温度一般在零下 20 多度。所有的客房都没有任何取暖设备，完全要靠自带的鸭绒睡袋取暖。但我已非常知足，总比我曾经在西藏无人区的帐篷档次高多了。房子毕竟遮风挡雨，尤其当房子都是石头砌的，白天吸收储存热量，在晚上会释放白天太阳所辐射的热量。

所有人放下行囊都会聚集到餐厅。因为这里有大火炉，是唯一可以生火取暖的地方。那老式的铁皮炉子约有一米多高，用牦牛粪作燃料。如果人足够多，特别是当客人们都还在继续吃喝消费时，炉子里的火可能会继续烧着。而一旦火炉熄灭，屋子里的温度会迅速下降，这时大家也都回房间睡觉去了。

我遇到一个四川女孩，1986年生人，她独自一人来此徒步，令我惊叹她的胆量和勇气。她在靠窗的位置披着大披肩，边晒着太阳，边捂着肚子，边看书。我觉得很奇怪，一聊天，才知她病了，腹胀。这怎么可以？我急忙跑回房间取药，肝

胃去痛片。带的药还真派上了用场。她吃了后，很快缓解，第二天症状全失，一遍遍地表达对我的感谢。

另一位外国女子，也来向我索药，她有点感冒。我没多想马上贡献出来。后来说起此事，朋友说我多管闲事，尤其是外国人，语言不通，万一你那药没治好她的病，反而加重了病情，追究起责任来，你咋办？

嗨！在那样生死攸关的特定环境下，怎么会想那么多。高原感冒咳嗽会造成肺水肿，那可是要命的，怎能在别人需要时袖手旁观呢？

事实上，我的药真的是药到病除，为两位需要的徒步者解除了病痛，我感到很欣慰。没有人找我算账，只有感激。可想

不到的是，我的损失惨重。我的记录本与装药的口袋放在一起，走的时候，落在餐厅。等我后来过了垭口到了雪线下想记录时才发现，我那个心疼啊！那是我在多么艰苦的环境下挤时间记下的东西呀，有时戴着头灯记，有时忍着困倦记，还要悄悄地，不影响别人休息。有些东西的确刻骨铭心，可当时的感觉过后再回忆就有落差了，真的，那比我丢掉什么宝贝都令我痛心疾首。

在这里，我们还遇见一个中国小伙子，高高的个头，五官端正，戴着一顶常人少戴的黑礼帽，很有风度。小伙子叫张强，35岁，用8年时间骑着自行车走遍中国，是个阅历丰富的徒步者。最有趣的是，他在这次 ACT 大环线徒步完成后，要在网上发布征婚启事，他要回归正常人的生活了。

今天不光神聊神侃，休息一天的三位日本老人精神头十足，起了高调，开始拉歌。那位 64 岁的日本先生唱起《家乡》，在这么高海拔的地方，他唱歌底气那么足，闭着眼

入情入境，赢得阵阵掌声。他接着又唱了几首，唱了学生时代的歌，俨然日本专场音乐会了。那种自在洒脱，感染了众人。他这是第 6 次到尼泊尔旅行，雇了背夫，我将自带的暖身贴送给他一包，他欣然接纳，并互留了地址。

山中客栈，简直是个微型联合国，感受到各国不同文化的交汇和交融，很有意思。

微信照搬

行者青青：每天最期待的就是姐姐的分享，和姐姐的图文一起旅行。在北方的寒冬里，暖洋洋地等待着。

陈晓雷：彬彬姐英姿勃发，神态若定。别样的喜马拉雅，光耀的母子攀行！请储备坚定精神，保持充足体力，实现既定目标，加油彬彬，加油小伙子！

玲斋：大山行走，有苦有累有乐，更有险。探险是一种刺激，是一种诱惑，千万不要上瘾。

谢颐丰：天空如此湛蓝，蓝得让人心动，白云像轻柔的纱飘逸在空中，雪酷似瀑布，山岚如烟缭绕，好美的景象啊！

于克：非常人做非常事，吾等凡夫俗子只有仰望！

回复：我是普通人，只是在做自己喜欢的事。

游泳的鱼：还有 3 天，就要向 2016 年说再见，你却以这种方式告别 2016，迎来 2017 的第一缕阳光，真是令人敬佩！

冲顶大本营

12 月 29 日，徒步第 8 天。8 点出发，11 点钟抵达 4540
米的一个小山寨，简短休整，喝了一杯水，吃了几块饼干、奶
酪，开始直线向上爬升。12:40 抵达海拔 4850 米的陀龙要塞山
脚（Thorung Phedi）。这是冲击 5416 米的最后点位，是我们的
大本营，上面海拔 4900 米处有一客栈，早已关闭。

我们 8 点钟准时出发，走了很远。大概是荒野的尽头，也
是村落的边缘吧，矗立着一个石头砌的像碉堡一样的大圆形玛
尼堆，圆形的最上面是石头块，上面缠着白色的哈达。石头碉
堡上画着一座小佛塔，上面还有尼泊尔文字的经文，我猜测是
祝福之类的意思。一个大红箭头指向前方。从这里出去就是无
边的大山了。雪山上像镶着一层金箔，矮的山峦是姜黄色的，
山顶是终年不化的积雪，风吹起团团雪雾，扬起旗云。

由于海拔高，基本看不到树木了，山体上匍匐着一片片低
矮的灌木，一团团紧贴地皮，是墨绿色的，它们是在抱团取暖

吧?谷底是银链一样的冰河,那是雪山上的冰雪融化流淌的汁液,从山上看是静止不动的。

走在这样的大山中,怎能不感到自己有多么渺小?可多多偏偏愿意站在山间的某一块巨大的岩石上,挺胸昂首,挂着登山杖,凝视远方。他在想什么?还是什么都没想?

望着这高高低低的无数山峦,想到世界开天辟地的一刻,让它们定型成这副巍巍的模样,是有意图的吧?它们迎着雷鸣电闪,战着风雪严寒,就像孙悟空被如来佛压在五指山下,也许是惩罚,也许是受难,也许是奖赏,也许是修行,它们踏踏实实地定在这里,接受大自然的各种淬火锤炼。能够忍受如此煎熬,内心里一定装着另一番璀璨的世界吧,不然它们怎么待得那么泰然,那么安然?

呜呼，只是吾等鼠辈，无法洞悉这宇宙的奥妙而已。

不知不觉间，已经 11 点钟，我们走到一个足球场那么大的山间平地，几座漂亮的房子矗立在眼前。说它漂亮，绝不是夸张，这组建筑很精致，那些垒砌房屋的大石头，都是用水泥勾了缝的，窗户和门都是刷了酱红色的油漆的，房顶是绿色的。远看就像几块漂亮的长积木摆在山腰。墙垛上挂着一面墙的图案，一匹骏马腾空跃起，上边写着：THORONG BASE CAMP LODGE，下边写着 WINDHORSE RESTAURANT，落款是：since 1981。

客栈建于 1981 年。

院落里有几张大木桌，徒步者们坐在凳子上休息。

门前有一个好大的太阳灶，中间一个大水壶正在烧水，一会儿水就咕嘟咕嘟地冒气了。

　　不知是谁，大声欢叫，循着他的手指向山上望去，啊，一大群灰色的小鹿正在望着我们，大家都拿出自己的"长枪短炮"，对准目标，咔咔咔地按响快门。那些小鹿干吗要向山上走？那里都是冰雪世界，没有草、没有绿色，你们到那里吃什么，喝什么？

　　我们简单补充了水和食物，继续攀登，这一次，可真称得上是绝命反击了。

　　这是无数个"之"字形摞起来的爬升路段，嶙峋的山体上布满巨大的岩石，没有一棵小树可以当抓手，碎石子像玻璃球让你的脚踝备受摧残。绕过一块块巨石，有时在摞起的石崖上攀登，几乎走几步就要停下，将气喘匀，再拼下一个高度。毫不夸张，每站上1米，都像攻下一座碉堡，而前边又有碉堡在狰狞地等候。

　　面对无边的封锁线，只能进，不能退。儿子在前，我让二姑娘超过我，她执意在后。她说，这样的节奏正好，感觉呼吸才匀点儿。

　　周围的一座座山峰，高高地压向我们，让人透不过气来。说她们是天使很美，说她们是恶魔真的一点儿不冤枉。头脑涌上很多哲思，又忽地消失了，因为高原反应，刚刚说的话很快就忘记了。我勒紧鞋带，数着步子，拖着铅一样沉重的脚步，埋头苦挨着。

　　转过一坡又一坡，无尽无休，一片峭壁被另一片峭壁笼罩着，看不出那峭壁有多高，有多远。不知过了多久，突然没有岩石可攀了，两只脚站在同一个地平面上。到山顶上了！

　　眼前出现一块平地，那里有石头砌成的三栋客栈。我情不

自禁地将背囊松开，扔在地上。右手边一座山峰平地而起，上面堆满一个个的玛尼堆，峰顶上有经幡在风中飞扬，而脚下群山耸立，我站在万山之上。

我拖着背囊踉踉跄跄地走进那座石头房子，将行囊扔在一旁，长出一口气，平息一下攀爬的劳顿。

面对窗外的蓝天、白云和雪山，那大美境地，是雪山给予我最高的奖赏呢，还是我用双腿和意志创造了眼前的雪山？我看到还有人在山坡上踽踽独行，奋力攀登。我忽然感到自己像被电击中了一样，身上热流涌动，血脉偾张，耳畔嗡嗡作响，张口结舌什么都堵在嗓子眼，什么也说不出来。

一路上的艰难无助和阵阵绝望都被这突如其来的暖意所融化，我汗水浸湿的衣

服使我打了一个寒战，跌坐在窗前，不想动弹。

　　我觉得自己了不起，很了不起！我觉得自己美得不可方物！那种感动使我彻底失控，不争气的泪水怎么也止不住了。我背对着各国徒步者，他们个个都是勇敢的人，我不愿任何人看到我内心柔软的一面……

　　很难有人能体会我当时的感受，只有体验过的人才会有体会。

　　雪山徒步到此，每个上来的勇士多少都有点儿落魄的迹象。有的嘴唇因为缺氧而发紫，有的脸颊晒黑不说，还掉下一层皮，有的胡子拉碴，有的拖着沉重的脚步蹒跚极了。但是，此刻，我发现，每个人的眼睛都闪闪发亮，炯炯有神。

　　明天就要从这里攀登此次徒步的制高点了，那也将是我此生生命的制高点。

意料之中这里没有电，没有网络。

喝了杯热奶茶，补充了食物，我们又来劲了。去爬山，一直爬到山顶。

客栈旁边是一座很高的大山，很陡的山坡上布满玛尼堆，周围的雪山顶上白云在缓缓地移动，幻化出千姿百态。山顶巨大的岩石像一个个怪兽，我们依着岩石而坐，无边的山峦都浮动在我们的脚下，静看一朵朵白云在脚下的雪峰间卷卷舒舒，真是绝美透顶。

明天冲顶。按以往经验，每天上午 9 点一过，垭口便容易起风，风过温度骤降，我们必须赶在此前过垭口。

徒步的勇士们早早吃了晚餐。今晚人较多，各国徒步者最后都集中到这个客栈，准备冲顶，大家围炉侃谈，南腔北调，多为英语交流，都是爱生活、爱自然、爱旅行的人，谈得热火朝天。

幸亏多多做翻译，才能与众人同乐。我不由地产生一个强烈的愿望，要成为国际化的人，真应该补上外语这一课呀！嗨！

我叹了一口气，每次出国后都这么下决心，回国后又忘到九霄云外了。

这个旅游淡季饭菜品种较单调，蔬菜极少，只有甘

蓝和土豆。土豆有多小？你猜不着的，只有指甲盖那么点儿，但味道挺好的。

我将从长春背来的十几袋榨菜毫不吝啬地分送给众人，不是我多么雷锋，而是为了减轻明天登顶的负重。这一举动，换来的不仅仅是各国朋友的笑脸，更有日本朋友送给我牛肉罐头。超划算，哈哈！

明天又是一场鏖战。人面对"冲顶"这个概念总会悲喜交加。那种决战前的紧张、未知、悸动，谁能理解？等待我的是什么？记不清哪位哲学家说过，人类的恐惧，往往来源于对未知的恐惧。外面下着大雪，明天登顶的难度增加了。

我能挺过这一关吗？会遇到意外吗？

晚饭后去厕所，那里溢出来的脏污冻成冰，只好在荒野上速战速决，冻得屁股生疼。

回到屋子里继续整理东西，也许因为今天爬山耗费的力气太多，或是一直被寒湿包裹的原因，右脚侧面的疼痛隐隐加剧，有点麻胀，把袜子脱下一看，都红肿了，腿上也不知何时磕碰得青一块紫一块，好在都是软伤。将暖贴贴到脚部、腿部，兴许能消点炎止点痛吧。

试穿了一下冰爪，很合脚，因为明天登顶，冰雪太大，关键时刻穿上它防滑，免得进一步退半步。

房间黑咕隆咚的，四壁石墙，温度预计零下 20 多摄氏度。

儿子沾上枕头就睡着，真是天生的探险家。

　　夜里我几次醒来。听到外面不大不小的风号叫着，想到明天等待我们的不知是什么。想起多年前在珠峰大本营的那一幕，我和海青坐着夏尔巴人的马车向山上走，车走得很缓慢，很颠簸，没法拍照，我便让车老板停车，我下车慢慢走。可想得美，没走几步，我就抬不动腿了，气喘吁吁，连呼喊的力气都没有，只能冲着海青挥手，马车停下来，我又上车了。那是海拔5200米，而明天要高出216米，没有马车可乘，也不是当年40多岁的自己，能行吗？

　　胸口上总觉得有沉沉的东西压着，这是高原缺氧造成的。我并不紧张，因为我曾经在珠峰大本营、可可西里、阿尔金山无人区经历过，这种感觉很正常。我强迫自己睡觉，昏昏沉沉地，仿佛游荡在另外的世界，似乎睡了一小觉，又睡了一小觉。

　　早晨醒来，感觉头有点晕。将速效救心丸装进随手可以掏出来的兜里。我从来不吃药，万一有什么意外，还能顶一阵子吧？多多是不主张我带药品的，可我还是觉得，多一份准备就多一份生命保障。

　　挺过这一天，就胜利在握了！准备战斗！

微信照搬

　　玲斋：已经登上了绝大多数人没有爬上的高度，已经欣赏到了绝大多数人没有看到的美景，已经体验到了绝大多数人没

有感受到的心情，应该满足了，该走下山的路了！

田瑞：彬彬祝贺你，在 2016 年的最后一天，攀登你人生的一个新高度！

阿光：跨年之际，超越自我，祝新年再创新辉煌！

陀龙垭口，我的新高

12月30日，徒步第9天，这是令人紧张、恐惧而兴奋的一天。从海拔4850米爬升到5416米垭口。冲顶成功了！

凌晨4点，我们便起床了。山顶的寒冷是不言而喻的，我穿上所有衣物，羊绒衫、抓绒衣、鸭绒衣、冲锋衣、紧身棉裤、保暖内裤、冲锋裤，外面套上护腿，戴上羊毛围脖、羊绒帽子、棉手套，用百变巾裹住脸。

客栈是为徒步者而设的，以徒步者的需要为中心，4点半左右就开始早餐了。

早餐后，外面是黎明前最黑暗的时候。我们戴着头灯，顶着微雪出发了。

昨天在此过夜的大约有十几人，几乎不约而同地上路。也许每个人都希望抱团走，互相依傍，互相支撑，共同去闯过最大的难关吧？

这是我们冲向此行最高目标的一拼！

　　每个人的头灯都跃动着，像一串眨着眼睛的小星星，一字排开。因为面对的是未知的艰险，当时没有心思去欣赏那种黎明前黑暗的雪中的奇妙美景，甚至没有人留下照片，因为我们要积蓄全部精气神，用到冲顶时的殊死决战。

　　人人都沉默着，可每个人的心底都像岩浆一样涌动着。

　　没有人说话，因为那会耗费体能。

　　那时的我，头拱地般地闷头走，像上满的发条，集结着全身的力气。

　　夜色下的冰雪路泛着白光，那些黑暗的地方便是悬崖深渊吧？路很陡，也很滑，嚓嚓嚓的脚步声，深一脚，浅一脚，扣着亿年不化的雪山。

　　海拔在分分秒秒地上升，我们要从海拔 4850 米上升到海拔5416 米，我们在奋力地行进，向天上行进。

　　呼出的气体像一缕缕云雾，将头灯遮挡得雾蒙蒙。

　　我偶尔仰头看一眼天，纷飞的雪花在头灯的晃动投射下，像无数小蝴蝶不知愁滋味地飞舞。

　　我偶尔回头看一眼身后，低处一片空寂，我们住的客栈，已经像聊斋故事里的鬼屋消失在茫茫的黑幕中了。

　　Thorung Phedi 距离海拔最高的那个客栈约有 2 公里，然后，再走 4 公里上坡路才到陀龙垭口。这 6 公里可是非同寻常的 6公里，高海拔、缺氧、寒冷，明显感到呼吸困难。

　　走得不可能轻松，腿像坠了铅块，我的右脚有点儿跛，也在不争气地加剧疼痛。可是我紧闭嘴，因为每个人的感受不会有多大差别的，你不可能向谁诉苦，因为谁也没法为你分担，谁也帮不了你，山都得自己一点一点地爬，路都得自己一步一步地走。

如同人生，你的人生就是你的，谁也不能替代，自己的路要自己走。

我看到那个外国女孩的眼睛全肿了，由欧洲人的大眼睛变成了亚洲人的小眼睛，是高原缺氧让她变成了这副模样。她默默地走着，步伐比我大，走过我身边的时候，向我点点头。她还微笑呢，露出一排洁白的牙齿，像一弯月牙。我现在记不得她长得什么模样了，只记得那双桃子一样肿胀的眼睛和月牙样微笑的嘴角。

我尽量让自己的每一步走稳，尽量不让雪灌进鞋里，我机械地挪动着。

每次歇息仅仅几分钟，背囊靠在岩石上，站一下，喘喘气，从不敢多停留，因为怕寒风一吹，汗水变成冰水，造成身体失温。

同行的有几个背夫，他们总是那么乐观，总是冲我微笑。真心佩服这些背夫，他们背着巨大的行囊在这样高的海拔竟然还能行走。我很纳闷，已经走到最高的垭口了，他们的大背囊理应变小啊，雇主们带的罐头、鱼干等食物都消费过半，背夫的背囊怎么还没见减轻啊？看着他们每次停下喘息，再起身时将背囊扛上肩头那吃力的样子，我心生不平，应该有一个规定，对每个背夫背的重量有个限制，不然这不是把人当成骡马了吗？花钱有限，背的重量却无限，长此以往，会压伤的。

山坡还是比较平缓的，不像昨天那个变态的陡峭山崖那么艰险，但毕竟海拔在那呢，就像电影中蒙太奇的慢动作，每个

人都一步一步地跋涉着。

6公里爬升，像走了6个世纪，我每走出一步，都在心里给自己加油。

不知何时，天上星云变幻，雪花早已不知去向，天光渐开，雪山就耸立身边，伸手可触，经幡就在头上迎风呼嗒呼嗒地呐喊，真的再有几步，我们就登天了。

儿子已经在垭口的经幡下兴奋地向我挥手了！

他总是那么急切地走在前面，先于所有人站上制高点。

那攀登到垭口的几步，我简直有如神助，很轻易地就站到地标旁边。

我问儿子怎么样？

他说，还好，没觉得怎么样就上来了。

淡淡地，说得好轻松啊！

也许是我们脑袋里装满危险的信号，实际的艰险程度有落差；也许是今天老天照应，没有狂风相加，没有暴雪相残；也许是海拔的高度、雪山的坎坷，对勇猛的吾儿都无能为力！

垭口都是山的分岔，这是安纳普尔纳众峰中的一座，像被一斧子在峰顶劈出豁口，又向下划出山谷，山谷很高，峡谷很深。向周围望去，群峰林立，雪山擦肩，风景非常壮观，连绵不绝的山川一层叠一层地尽收眼底。

陀龙垭口（Thorong-la Pass）是 ACT 精神意义上的终点，大名鼎鼎。它是世界上最"大"的垭口，海拔 5416 米，这里有英文写的"the biggest pass in the world"。

Thorong-la pass 也是 ACT 大环线徒步的最高点，是安纳普尔纳东西坡界点。

我们从海拔 823 米的 Besisahar 一步一步走到海拔 5416 的 Thorong-la pass，耗时 9 天！查阅的一些资料都显示，通常徒步者都是需要 20 天，最快也至少需要 14 天。这是何等的气魄，何等的速度。

这是我曾渴望、曾恐惧、曾担心、曾向往

的高度，如今我站在这里了。

站到了这个高度，过去，就在我的身后，未来，就在前边。我站到的是过去与未来的一个节点上。

恍惚间，寒风、白雪、经幡，都在我眼前朦胧起来，我好像感受了很多，又什么也感受不出来，大脑一片空白。

脑海里充斥着纷繁的意念，像万花筒，缤纷着。这就是有着一颗不安分的灵魂的我，这就是拒绝平庸、总寻求新奇的我，这就是爱世界爱自然爱生命的我，这就是真的我，是真我！

我的心灵在飞升，我忽然感到一种穿透灵魂的力量，脑洞大开，仿佛洞悉了茫茫宇宙的所有秘密。关于生命，关于人生，关于金钱权利，关于生老病死亲情友情，关于爱为何物……

我的眼睛模糊了，湿润眼角的不知是雪花还是泪花。

我好像对自己的人生有了重大的领悟，好像对未来生活重新作出了方向性的决策，好像想到了生命中许许多多重要的命题。

就像飘来的云，又忽然飘去，倏忽间，我又懵懵懂懂地，

　　大脑又是一片空白，像这纯净的雪峰，像这无瑕的雪原。

　　我嘘了口气。

　　这是一种人生的暗示吗，这是一种生命的密码吗？难道只有爬升到这个高度我才能领会吗？然而，我不能不抱怨，既然让我领悟了什么，为什么只有一种缥缈的感觉，为什么让我一点也记不起来呢？

　　只能自圆其说：也许是天机不可泄露吧。

　　我一步登天了！我站在尼泊尔雪山陀龙垭口了！我的生命又有了新的制高点！

　　的确，从这个时刻，我与从前大有不同。

　　如果这是一次朝圣之旅，我可能真的取到真经了。

我是感性的，我相信自己的感觉，我喜欢跟着感觉走。

自豪，无比自豪，因为我们历尽千辛万苦，见证了自然魔法的神奇。心潮那个汹涌，热泪那个盈眶，心情那个百感交集，真的无法形容。

我预感到，这将是我一生徒步达到的最高点。这时，只有在这时，我的幸福感强烈到无以复加。作为一个人，我是幸福的；作为一个母亲，我更是幸福的。没有吾儿的召唤，我怎能站在这个海拔？与儿子同行尼泊尔，这是一次令人幸福得冒泡泡的旅程，还有什么比这感觉更美好的呢？安纳普尔纳雪峰在上，愿神灵雪峰有眼，保佑我和吾儿体格骨感、精神充盈，活出更精彩的人生……

我知道，我不可能再有能力爬得更高了。能到这个高度，是我人生之大幸，不可多得，一次足矣！当然，我也知道，人生总是有很多意想不到，比如此前，我何时想过自己能徒步到这个高度，连想都没想过，然而，我竟然站在这里，超越了我的珠峰大本营！

徒步者一个个地上来了，虽然每个人都有不同程度的高原反应，仍摆出各种姿势拍下终生难忘的瞬间。

有人全身匍地，拜倒在垭口脚下。我的眼睛再次盈满泪水。

垭口不是久留之地，山上气候说变就变，下山的路途更加遥远。

每个"登峰造极"的人（这个词用在这里毫不夸张），都理智地知道这一点。

多多说：撤！下撤！

`微信照搬

王桂枝：亲爱的，5416 这个数字告诉我什么是英雄！

江竹：张姨，永远是我的偶像。

田瑞：看着你挥舞着登山杖，以胜利者的姿态展示在海拔 5416 米的雪山上，禁不住为你喝彩，太棒了！

陈晓燕：彬彬，你活得太精彩了！

高全增：又一次生理极限的挑战，终于胜利了，为你骄傲为你自豪！

June：阿姨是我见过的最牛的妈妈。

Hong lu：雪山上迎新年，太精彩太棒！

唐守业：潇洒五洲写传奇，天下谁人堪与比？巾帼枭雄出东北，须眉敬佩长春女！

从雪线到树线

翻过垭口，雪山开始陡峭起来，从垭口到 chhabarbu 休息点有 6.5 公里，然后还有 3.6 公里到 Muktionath，总共 10.1 公里。而海拔从 5416 米下降了 1650 米，这是我从来没见过的极其陡峭的下坡路。

警报并未消除，恶魔还在敲门。

就在我们到来之前的一个月，一个日本徒步者在下山时，坠落悬崖，这是我们在山上就听说了的，客栈的老板提醒我们，下山也不能大意。

高海拔的雪山，每走一步都不是轻松的事儿。我时不时地停下来喝口水、歇歇脚，觉得背囊里多带一张纸片都是累赘。忽然算计起冰爪，冰爪是不是没用了，可否扔掉、减轻点背囊的重量？

多多说，不能扔，走 ABC 线时，还要登顶呢，那个雪山也不小的。

下山时，我总是盯着脚尖所指的方位，唯恐脚踏不稳滑倒。

下山比上山还吃劲儿，有的坡太陡，几乎蹲着走，甚至还有的需要坐着一跐一滑地走，有时真就想坐在那里靠在背囊上不起来了，那样是多么幸福啊！

有好多山坡都是一大面子的"之"字路，只要可能，我们便抄近路，不绕来绕去，而是认准一条路，像坐滑梯一样出溜到下一段路，再向下出溜，这样省了些力气。幸亏我们的冲锋裤结实抗造，不然早就磨破了。

我们连续走了一个半小时，终于雪渐渐少了，山坡上露出碎石和泥土了。太阳也很讲究地出来了，天气也不那么寒冷了，呼吸也不那么困难了。

下山的路径很清晰，有路标指引，多多让我们慢慢走，他先到山下的镇里等我们，点好吃的。于是，他甩开大步，腾云驾雾般地走了，身后带起一溜烟，不一会就将我们落没影儿了。

二姑娘是有体力的，是可以与多多一起走的，可她始终与我同行。一个是她赶上身体的"特殊情况"，不宜剧烈运动，再就是她是个热心肠的人，很有责任感。两个人，有个伴，还可以互相关照。

她生在株洲，自小就有体育天赋，被当校长的舅舅发现，对她鼓励加支持，爬山、徒步、马拉松，一般人不在话下，她是国家一级马拉松选手，大神级别的。很多人慕名拜师，她同时培训很多学员，有的当面集训，更多的则在网上布置训练计划，回答跑步的各种难题。还翻译过一本美国人写的跑步训练的书。

我能与她同行，是多么难得啊。

俗话说，上山容易下山难。这回我真的领教了。原以为翻过垭口，开始向下，越走越轻松，其实不然。因为上山时，是全身用力，腰和腿的力都用上，作用力向上，成平衡状，除了费点力气外，人能控制，危险性较小；下山就不同了，重心向下，自身作用力也是向下，这样平衡就不好掌握了，弄不好前冲力过大，并且力都集中到腿和脚上，容易造成腿脚发酸、发软，甚至发抖。我走到后来，就已经到这种程度了。

我一路神经紧张，绷着脚尖，不敢丝毫懈怠，手杖是我很重要的支撑。

我走着走着，腿就没劲儿了。在一个大下坡，腿一软，没站稳，不自主地跌倒了。背着大背囊的我，像笨笨的大狗熊，急忙咬牙爬起来，继续行进。

　　我不想走在二姑娘前面，因为我趔趔趄趄的样子会使她担心。

　　然而，事不过三，当我第三次跌倒，我摔离小路并滑到斜坡上，背包卡住石头没再滑下去，却半天爬不起来。走在前面的二姑娘一回头发现了，急忙跑过来，费力地把我拉起来，帮我捡起登山杖，我才发现身下都是尖硬的石头，幸好有背囊垫背，否则无论哪块骨骼磕在石头上都够呛。如果没倒在冲顶的路上，却伤在下山途中，如同抵达南极的贝利，死在回来的暴风雪中；如同登上珠峰的英雄，撤退时倒在冰川里，那是多么悲惨啊！

　　这样说，看上去很可怕。其实在雪域高原，这种瞬间的意外都是猝不及防的，是经常发生的。

　　所以，二姑娘见到多多时立即说，你就知道自己跑，你妈妈都摔倒了！

　　在一个山洼里有一个废弃的建筑，我们把背囊放在地上，进去查看一番，也看不出是做什么用的。这应该离有人家的地方不远了。

　　山路依然很陡，右脚疼痛有增无减，每走一步都疼，但我的注意力在无止境的下坡上，那种紧张令我忘却脚的疼痛。

　　看到有人家的地方了，估计这就是Chhbarbu，石头砌的房子，依着山坡修的狭窄的院子，有简易的木桌，这里是可以休息的。多多会不会在这里等我们呢？可经过一个客栈，又经过一个客栈，都没有多多的人影。看来他是继续下山去最终的小镇了。

　　我和二姑娘没有停下，继续前进，因为走到这里已经望见远处的峡谷地带，已经要走出无休无止的大山了。

阳光强烈起来,我们走得汗流浃背,两条腿基本是机械运动,已经木木的了,自己都感受不到是轻松还是沉重了。

唯一有感觉的是眼睛,看到的景致在变化,看到平展宽阔的峡谷地带,看到山脚下的绛红色调的寺院,看到远处的小镇。

兴奋是加快脚步的催化剂。下午1点多抵达Muktinath,海拔3800米。

我们终于走出大山,走进了小镇的山门,走到两侧是白色小楼、绿色小楼、粉色小楼的街道上。

山中过数日,人间已换颜。

这里已经与早晨的雪山冰火两重天了。

我们从雪线到了树线,说不出这是一种什么感觉,真是太神奇了。

高原的阳光强烈灿烂,我感到自己又死灰复燃、精神抖擞了。

遇到住在这里的徒步者，他们向我们打招呼，问我们是中国人吗？我用仅会的为数不多的却足以令我无比自豪的单词回答：CHINA！

一下山就看到依山而建的大寺院，一堵长长的围墙，顺着山势圈了不少的地，里面是一座寺庙。这里是著名的宗教圣地，每年4月到6月都有很多尼泊尔和印度的信徒过来朝圣。这是座很大的印度教寺庙，还有一座藏传佛教寺庙。

这里的树木绿色葱茏，房前屋后的鲜花怒放盛开。小贩们在摊床前招徕客人，孩子们在玩耍，小狗趴在门口悠闲地晒太阳。

路边上有两个老妇人用老式的织布机一梭一梭地纺着粗布围巾，图案整齐而鲜艳，很像藏族的围裙。还有几个悬挂着彩

色项链、尼泊尔式各种
手镯、饰物的小摊。

望见多多了，他坐
在一个酒吧的阳台上，
等了我们一个多小时了。

咖啡吧装修得很特
别，醒目的地方挂着牦
牛头，与其他色彩艳丽
的建筑不同，它是砖色
的，古色古香，可能是
这条小街上最时尚的一
家。他的身边坐着新认
识的徒步伙伴张强。

翻过垭口后，这里就是尼泊尔的江南。

小镇只有一条主要的街道，所有的旅店、咖啡屋、酒吧、
商店都坐落在这条街道的两边。有几家旅店布置得非常美，有
的是粉色墙体，有的是绿色墙体，窗户都是白色的，临街一面
都是阳台，上面摆满了鲜花，各国的旅行者都喜欢坐在阳台上
的桌子边，边聊天边赏景，看着海拔七八千米的高山近在咫尺，
偶尔三两个尼泊尔姑娘从路上经过，向你扫上一眼，彼此自然
地交换一个微笑，那么恬静那么温馨，绝对令你怦然心动。

我们一直坐在阳台上，要了一壶奶茶，边喝边观看街景，
边看着翻越垭口的人归来。见到山上过来的人就打声招呼，好
像上辈子就认识的老朋友。那个来自四川的女学生走在我们的

身后，可一直没有到来，后来终于拄着手杖，蹒跚着回来了，是与一个韩国小伙子一起下来的。谁能想到她经历了生死瞬间。

　　她在途中休息时，迷迷糊糊地睡着了，因为高原反应，大脑缺氧，容易犯困，这是最危险的事情。幸亏那位与她一起出发的韩国小伙子发现得早，又原路返回找到她，叫醒她，才使她幸免于难。我们不由自主地对那个韩国小伙子心生敬意，他长得书生气十足，中等个，是如此心地善良。这是人生多么难忘的一页？中国的女孩忘不了，韩国的小伙子忘不了，我忽然心生一个美好的愿望，能否通过这一虎口夺命的经历，擦出两个年轻人的爱情火花，引申出一段跨国情缘，那该是多么浪漫的事情啊。

　　心情好到爆，因为我们胜利，我们功德圆满。

饱餐后，我和多多还有张强继续下行。

二姑娘决定在此休整，然后再追赶我们。她是大山里走出来的娃，登山对她来说，如履平地。可她一个人走，我还是有点担心。这茬年轻人与我们当年不一样，真是什么也不怕，个性十足，只能由着她了。

约好在后面的途中再会合。

分手了，互道一声珍重。

看到久违的公交车，正巧赶上 3 点 30 分最后一班，行 17 公里至 Jomsom，海拔 2750 米。

Jomsom 位于宽阔的河谷之上，大风刮过，就会掀起阵阵的尘土。

这里是安纳普尔纳山区北部最大的村镇，正对着 Nilgiri 南峰（7061 米）。这里有一个机场，非常小，只有一条跑道，用铁丝网与居民区隔开，每天有数个航班飞往博卡拉。

我和多多沿旧街一条路直达新街，马路两边都是人家，有的在街路上晒着干菜，有的在街边洗衣，还有一些小摊卖一种类似桃酥的饼干，还有面圈。商店都很小。还有一家银行。

尼泊尔人很友好，从看你的眼神就能感到。

观市井，看民俗。天已经黑下来了，我们在新街一家档次不错的饭店晚餐，可能算是这里的豪华饭店了。那是一幢小二楼，一楼是一个大型聚餐的地方，地上铺着大地毯，上面是一圈饭桌，每张桌上都有一盏类似寺院里的油灯，整体色调是酱红色的，很有尼泊尔特色。上面一圈是二楼餐厅，都是一张张的小桌，我们到楼上，点了奶茶，沾着番茄酱或樱桃酱吃了面点，还有一种夹馅的卷饼，那馅饼实惠可口。

回驻地时，街道静悄悄的，看不到人影，偶尔有三两个穿着裙子、缠着头的男子从我们身边走过。

黑咕隆咚的，多多打着手电筒走在前面，我在后面紧跟。路面多是石头块铺就的，并不平坦，高高低低，走得笨笨磕磕。若是我一个人，可不敢这么晚走这样陌生的街路。

总算平安抵达旅店，房间相当宽敞干净，与山上天壤之别，室内有洗浴间，洗个澡，舒服地睡个觉。

微信照搬

刘健：女豪杰！

小红樱桃：100 个赞。

悦省：真美！厉害！

冯胡兰：你的壮举到今天结束了吗？我已经等不及给你献花啦！

于克：英雄壮举！只是又敬佩又担心！祝愿顺利平安！

陈桂杰：为你们母子点大大的赞，盼你早点儿凯旋！

张真：姐妹儿，还准备在域外走几天？注意身体和安全啊！

呼噜猫：最虐反而最嗨，你是纯粹的"顽主"，给你点100个赞。祝福你和儿子新春大吉，富贵有余！

行者黄小青：看得真开心，姐姐新年快乐！

美兰：我一直关注着你去尼泊尔徒步的信息，所有的图文我都看过读过，一期不落，你太坚强和勇敢了，太棒了。真的要为你点赞！

梅兰：你的人生大舞台永远不会缺少掌声的。

我"醉氧"了

12月31日，徒步第10天。我们花费了1200尼币，乘大篷车用了5小时到了有温泉的地方。

今早醒来，感到脸紧巴巴的不舒服，一照镜子，吓了一跳，发现整个脸全部浮肿，像吹起的气球，眼睛凹下去，像老鼠似的，幸亏还没肿得没有缝，要不然可怎么看东西呀！怎么会是这样子呢？我在雪山顶上就有点浮肿，可也没肿得这么脱相，怎么下山了还来个回马枪呢？

我多次进藏，到过海拔很高的无人区，从未出过这种状况。大概海拔下降太快"醉氧"了？

我们在高原上行进了这么多天，身体已经基本适应了。从高原下来，随着海拔急遽降低，从低氧环境到常氧环境的落差太大了，原来对高原的生理适应成为过去，"历史任务"已完成。现在供氧量突然增加，出现疲倦、无力、嗜睡、胸闷、头昏、腹泻等症状都是正常的，就像喝醉了酒一样，就是通常说

的"醉氧"。

　　我心里有点担心，醉氧会不会对身体造成不良后果？会不会是心脏或者肺部出了什么问题，反映到脸上来了？可别留下什么后遗症呀！如果症状能渐渐减轻消失就好了。这个样子若是在熟人面前准会吓他们一跳，在外国人面前，影响中国人的形象啊，他们会以为中国女人咋长这么丑呢。

　　我是经过大风大浪的人，那么高的垭口都翻过来了，在这个小河沟里，还能翻船不成？还好，眼睛不影响看东西。

　　多多瞧见了，问还有没有别的不适反应？他一定也担心了。我说，没有。

　　的确，除了表相挺吓人的，没有什么不舒服的。

　　查阅了一下资料得知，醉氧是可以预防和避免的。从高原下来，应当采取"循序渐下"的预防措施。比如，先从5000米下到3000米，休整一段时间后，再往低处走。回来后更需要好好休息，恢复状态和体能。饮食上，多吃抗氧化食物，多食用蔬菜和维生素，少饮酒。番茄、橘子、草莓、豆制品、茶叶等食物富含维生素E、维生素C、茶多酚、大豆异黄酮等食物成分，抗氧化作用强，有益于防治"醉氧"。症状较重者还可服用维生素E。多饮水，每日饮水2—3升。

而缺乏经验的我们，一天中从海拔 5416 米的陀龙垭口，一口气下降到海拔 2750 米的 Jomsom，下降幅度达 2666 米，的确太陡了。

多多说，今天到有温泉的地方 Tatopani（1189 米）休整一下。

嗯，不错，已经走过最艰难的 ACT 大环线，应该休整一下了。

孰料，尼泊尔人的时间概念实在不敢恭维。

本来早晨 6 点 30 的早餐，可到餐厅还未做好，马上就 7 点了，我们昨天买的车票是 7 点 30 分的，可能来不及了。

我们急，旅店餐厅的人不急，他们慢悠悠地端上小菜、粥和卷饼，好像知道一切都来得及。的确，吃完早餐，车还没来，等到 8 点多才发车。看来不守时是尼泊尔的常态。

发车晚点不说，一路车在河床、盘山路、小山村间穿行。只要有人上车车就停，乘车人连站都没地方也要挤上来。

有时是山腰间的小路，车身要不时地避开石崖探出的巨石，有时车在石崖中穿过，像考驾照似的。

在河床上走的时候，水下是鹅卵石，车在石上跳舞。

有一个地方，看上去根本无法通过。两边是山崖，车轮在河床的一道道溪流中行进，忽然石头大起来，河水冲出一串串水花。这下糟了，我们都坐在没了半个车轮的车上，车只能原路返回，可车无法调头，已经陷入两难的窘境，眼瞅着无望了。

我的座位在前面，司机的一举一动看得最清楚。这位中年司机并没有后退的意思，而是瞅准了几乎不可能的地方，猛踏油门，发起冲锋。太冒险了，成败在此一举。若是过不去，我们整个车就变成了落在河中的一块石头，出不去，也回不来，若是车抗不住冲击，散了架子，我们都成了落汤鸡了，那可真的惨了。此时我们手里没有方向盘，一切都掌控在司机手中，只能听天由命了。

幸运的是，司机突然一脚油门，没等我们反应过来，车子咧咧巴巴地晃悠了几下子冲出来了。我们坐的破车竟然闯关成功！

我几近欢呼，这司机真是太牛了！

这里的司机真的了不起，走的是没路的路，开的是破得不能再破的车，拉的是呜嗷乱喊乱叫的人，幸亏他久经考验，训练有素，车成了水上飞舟。哇，像是娱乐项目。

车开得很慢，时速不过 30 公里，中途一个轮胎还爆了，司机动作麻利，手法娴熟，10 分钟就把轮胎更换好了。

在半山腰上还有一次磨难，证明我车司机水平实在高超。我们的车在一个山腰的转角处突然停下，司机让乘客下车歇歇。原来前边出车祸了，一辆拖拉机和一辆汽车刮上了，将狭窄的山路堵住了。要想通行，只能等待前面车修好，将车开到路基宽一点的地方，我们才能过去。

我车司机过去查看，并钻到那辆汽车的底下，仰着脸帮忙修车。过了不知多少时间，车修好了，我车司机亲自将那辆汽车缓缓地开到路基宽的地方，拖拉机过了，我们的车也颤巍巍地擦边过去了，真是谢天谢地！

这个地方很美，河水潺潺，冲击着各种巨大的洁净的岩石，山上绿树掩映，河边就着石崖搭建的小房子，依山势水势而建，住户依山傍水而居。房子不那么规则，看上去很矮小，给我的感觉就像山间的动物们搭的窝棚，与山水画卷般的天地融为一体，很和谐很美好。

如果是雨季，这大山里就会经常发生泥石流，许多路无法通过，河床上也无法绕行。所以雨季不要到这里旅行，风景美

是没比的，被自然灾害搁到那里，可就不是三天两天的，最重要的是，危险系数也很高。

我们的大篷车又欢乐上路了。在一个下坡拐弯处，路上都是滚石，车轮打滑，如果硬踩油门，很可能会冲出悬崖，司机让乘客下车，一个是减轻车的重量，一个是减轻乘客的危险。车上的人都下车观望，司机的技术真过硬，三晃两晃车子通过了打滑的大拐弯处，大家都松了一口气，欢呼起来。

车门敞开着，货物、动物都上车了。

不知谁的酒洒了，满车飘着酒香。配以印度歌曲，乘车也是了解尼泊尔风俗的一种挺有趣的体验了。

中间停车休息，旁边小店有奶茶，3元一杯，有咖喱粥，还有烤饼，都是纯正的尼泊尔味道。

中间歇停了两次，大概司机师傅太辛苦，这样增加点安全系数吧。

Tatopani（1189米）到了，这里以温泉而闻名。我们在小镇的街上找到一家客栈，地上是小溪，大门被花树藤子缠满，紫色的花朵成串地垂下，院子里也是鲜花争艳，除了小二层楼的住宿房间，还有一个公共大客厅，里面贴满了留言条，这是类似青年旅舍的客栈，很适合我们的口味。

阳光十分强烈，我们趁机换洗衣服，连鞋垫都掏出来刷了，还将睡袋等物品都拿出来晒了。水池子就在院子里露天的，水流清亮亮的，洗得真爽。

我们一阵除尘后，最急切的就是去泡温泉。穿过狭窄的长街，到了尽头是下山的长长的狭窄石梯，走完石梯到了一条柏油马路边，看到那边围了很多人的地方就是温泉了。

本想一边泡温泉，一边看对面的雪山，可实在不如人意。那露天温泉紧挨路边，路边干燥，都是浮土，车一过，尘土飞扬。泉池很小，里面像撞豆包似的，一个人挨着一个人。最令人难为情的是，栅栏外围观的人更多，池子里的人简直成了被观赏的动物。

扫兴，真的有点儿扫兴。

多多不想在此停留。主张离开这里，过河，到山的那一边。因为我们的下一个目标是走一条去看雪山日出的徒步路线，没有车了，又要在大山中徒步了。

张强说，他还是很想泡一泡温泉。他的适应力很强的，什么样的条件都不影响他的快乐。

相比之下，多多还是讲究一些的，虽然极特殊时期也能克服困难，但只要环境许可，他的生活总是标配的，总是不肯低就的。

既然多多这样决定了，我俩急忙回到客栈，与主人客气地打声招呼，便退房了，没有任何麻烦。尼泊尔的客栈真的就像家一样的感觉，这一路走来，我们想怎样就怎样，从来没有难为过我们。

真庆幸，我脸上的浮肿不知什么时候已经消失得无影无踪。我是风吹不散、雷打不烂的铁疙瘩。单位的同事管我叫张铁人，看来我真的不是凡俗肉身哦！

看看时间，午后3点半，我们立即准备上路，洗晒的衣服有的竟然已经晒干，真是太给力了。

我们先在小镇上的饭店饱餐一顿，吃的是饺子，真没想到在这里能吃到饺子。为了我们奔向新里程，又来了一顿上车的饺子，这是一个美好的预示吧？

告别了这个美丽的小镇。走过一段山路，过了一座长长的铁索桥，然后开始徒步大山。这里的大山不像ACT大环线的山，那是野山野路，而这里的山有人居住，全部石片叠成的上山小径，就像天梯永无止境。

一路上溪流汩汩，热带植物茂

盛，尤其是家家园子里的橘树，一树树黄澄澄的果实，正是收获的季节，背着满筐橘子的尼泊尔山民，不光打招呼，还友好地抓来橘子送给我们品尝。

爬上一村，又爬上一村，爬上半山腰的小村，看到上边有更大的村。天还大亮，沿着石径向上，天黑前赶到一个叫 Ghara 的村子，这里海拔上升至 1800 多米，可眺望雪山，是看安纳普尔纳雪山日出的必经之地。住的客栈是依山而建的石头小楼，窗户是木板的，占了两面墙，一打开，层层叠叠的山峦，一片片绿油油的梯田，一簇簇青翠的竹子，远近灌木、云杉、松树覆盖山丘，草甸、溪流、野花满地，有悠闲的老牛在悠闲地踱着步子，一幢幢依山而建的小房，真是美极了。陶渊明笔下的桃花源也不过如此吧？

美中不足的是这里没信号。过年了，想向亲朋好友问声好都办不到，只好欠账了。

多多说，明天再走像今天两倍这样的长度，就是观看雪山日出的地方了。

我们换的尼币不够用了，到这里仍换不了。这儿的住宿 100 尼币，吃饭我想点便宜的，被多多一票否决，点了蔬菜炒面，花费 350 尼币。

微信照搬

因网络不畅，上午曾发布，未成功，为节省亲们时间，将两天合并了。

于克：脸上浮肿明显，赶紧下山寻求医治！

桂枝：浮肿很让人担心啊，相信你不会有事的。

田瑞：浮肿，是不是与心脏或肾脏有关系啊，太疲劳了，注意休息。

老方：你快回来！

怪树林中冰雹加身

1月1日，徒步第11天。转眼已是新年，本以为今天会轻松加愉快，爬山10公里，海拔升至3000米，抵达看安纳普尔纳日出的山中小镇GHOREPANI（海拔2750米），对我来说，小菜一碟！当然，海拔又开始升高，路况仍然较差，可这些天哪天不是这么走过来的呀，要想看不寻常的美景，就得付出点儿代价嘛！

我们8点出发，开始一切顺利，边走边摄，一会儿与浑身黑缎子似的老牛邂逅，一会儿与山上下来的马群相遇，走过一村又一村，见过尼泊尔的老人、女人、孩子，一句"撒玛纳的"（你好），留下满足的微笑。

　　尤其值得一提的是遇到三个山里的孩子，拿着编织袋，仔细地在石阶上捡垃圾，难怪这么无边无际的世界景区保持得那么干净。

　　途中的登山石阶堪称世界之最，一直向上，以为马上到头了，转一弯又继续向上。

　　对面有下山的外国人对我们说，前面坡太陡了，不好爬！

　　其实我们走过的也是这么陡峭呀。我说，后面的坡也很陡哦！

　　说完便哈哈笑起来，因为我的话他听不懂呀。

　　山中见到一片片怪树林，枝干弯曲变形，上面布满绿苔和藤，古木森森，仿佛群魔乱舞，令人心生恐惧。越觉怪，越想拍。多多喊我，快走，要变天！

　　果然，山里的天像猴屁股，说变就变。

　　先是冷风袭来，带着呜呜的呼啸；之后雪花袭来，纷纷扬扬地跳着魔鬼的舞蹈；之后雹子袭击，敲打着山石，发出嗒嗒的金属般的声音。

　　啊，这一切，迅雷不及掩耳，来势好凶悍，好狰狞啊！

　　考验人的时刻来临了。

多多迅速停下来，让我马上穿上冲锋衣，把背囊套上防雨罩。

是不是在大树下避雨？多多说，不行，树下是不安全的，因为你不知道会下多久。深山老林，看不到人家，天黑了，谁知道那森林中会藏着什么，会不会有野兽出来袭击我们？顶雨走，走着瞧。

山路本不好走，再加上这恶劣的天气。深一脚，浅一脚，鞋湿透了，满是稀泥，走得很吃力。

顾不了许多，我尽快加快行军速度，因为儿子以我的速度为准，在天黑前，赶到既定的地方，就是我们的最高目标。

我和多多默默地走着，心无旁骛地走着，一意孤行地走着。

人的各种情绪都会在恶劣的天气面前像鬼蜮魍魉般地涌出魔瓶，我有点焦虑，有点抑郁，有点担忧，也涌出最可怕的疲惫和怀疑：我为何千万里地跑到这个陌生的鬼蜮，为何没能把握住自己，也没制止儿子的冒险举动？遭这么大的罪是为了什么？成功地走下来又会如何？我是不是一个不合格的妈妈？我是不是一个没正事的母亲？这个问题很致命，只觉得雨水变成凉飕飕的冰水，刺骨地寒冷。

我打了一个寒战。看看儿子，仍然脚步稳健，一步步地走在我的身边。他真是响当当的男子汉，遇事不慌，我为有这样优秀的儿子而骄傲。

　　就像安泰触到了大地，一股无形的力量重新油然而生，我强迫自己冷静，把不良情绪清空，让头脑的杂念归零，不再考虑任何毫无意义的命题。在这样非常的时期，任何杂念都会消磨意志的。

　　雨一直在下，在一个山体滑坡的布满滚石的地方，发现一条上山的石径。啊，这说明离有人家的地方不远了。

　　那石径像天梯，无止无休。终于看到几个翘起的房檐了。

　　顺着石径向上，看到屋子了，一间、两间，一栋、两栋。

　　一条石板路横亘在山腰上，沿着向上的路径两边是客栈、商铺，还有面包店。每个客栈都装饰得很漂亮，门前的空地有桌椅石凳，很有诗情画意，真是别有洞天啊。

　　终于到了 HOREPANI（海拔 2750 米），谢天谢地！

　　我们找到一个很像样的客栈，屋子中间一个大火炉，足有一米见方，是我一路上见到的最气派的火炉。炉火熊熊燃烧，炉子上方的一圈是可以烤衣物的铁架子，真是太好了。

我连房间都没回，直接坐到火炉旁边，让红彤彤的火苗烤着我。我像一个气体组合体，全身冒着热气，驱散我身体的湿寒。

　　下雪了。是

好？是坏？答案写在上山来的几位徒步者的脸上，有的跑出去撒欢，有的扔起雪球，多多不顾劳顿，顶着雪跑出去拍雪景。

下雪是老天赏赐我们的新体验新玩法，只是我又有了新的担心，明早天能否晴，能否看日出？

其实，这种担心是多余的。老天我们管不了，但我们的情绪是可控的。万一看不了日出，我们不是也收获了很多吗？包括今天一路上的风雪冰雹，都是上天的恩赐，即便我此时此刻筋疲力尽，可一夜过后，一个精神抖擞的我又会满血复活，我会不叫一声苦，不喊一声累，背起行囊，再次踏上雪山。

这次旅程，儿子也会思考很多吧。他会在风雨中成长得更快，每经过一次苦难的洗礼，他都会淬一次火，钢铁就是这样炼成的。

微信照搬

胡兰：彬彬，我还忘了问你，图片没有版权问题吧？我可不把自己当外人儿啦，全拿去用啦！

田瑞：阿兰，彬彬的图片从创作之日就有版权了。但是朋友们可以用，这是彬彬允许的。别人不行，未经彬彬许可，构成侵犯著作权。

阿兰：彬彬，让田瑞做你的经纪人吧！你下一步需要运作了……

雪山日出

　　1月2日，徒步第12天。一夜过后，抬眼窗外，一片星光灿烂。我们看到了潘恩山（POOM HILL）雪山日出，仿佛有一双神奇的手，突然打开一扇通往天堂的门。早餐后，踏雪下山，又见一个观景台，穿越走不完、走不够的怪树林。全天行程26公里，从海拔3210米下降到海拔2180米，抵达Chhomrong。

　　早上五点半，我们从客栈踏雪出发，头灯将周围的森林晃成闪闪烁烁的水晶世界。走在这样的小径上，心情超好。

　　我曾爬到郁郁葱葱的黄山顶上看日出，我曾站在邮轮的甲板上看加勒比海日出，我曾在西沙的永兴岛看海岛日出，我曾在地球大陆最南端的南极看日出，我曾在中国最北的大兴安岭的林海看日出。

　　日出给世界带来的或是轰轰烈烈的壮美，或是宁静优雅的甜美，或是梦想与希望的升腾，或是焕发梦境的旖旎，这些都达到了一个令人惊奇惊喜浮想联翩的境地。

此时此地，我将去看雪山日出。这是我第一次看雪山日出，并且是喜马拉雅山最美的雪山日出，怎能不令人兴奋呢？

行约半小时，到达山顶，有售票处，每人100尼币。

此时天光渐开，晃眼的银色山峰一点一点地探出头来。当太阳加速上升跃出山脊，银色的雪峰瞬间充满视野。

仿佛有一双神奇的手，突然打开了一扇通往天堂的门，太震撼了。

阳光一点点地将红光打到山尖，然后一点点扩大，一点点下移，我仿佛触碰到山的脉搏，听到山的喘息。雪峰被阳光镀上金红色，刷新了我之前所有的想象。

美，怎么可以这样恣意张扬地呈现?!

在风的作用下，雪峰背面有雪絮在飞动。那雪峰是个女孩子吧，那飞动的雪絮是她飘逸的白纱巾吧？

那几座雪峰那么棱角分明，给人以骨感威风的美感，那一定是一群帅哥，是力量的化身。

那一群雪峰高高低低参差不齐，脑瓜都在张望着，是在与我们这一群人对视吗，他们也会为有这么多的朝拜者而快慰吧？

太阳携带着无尽的微红的、粉红的、金色的纱幔，踱步而行，将色彩披在一座座雪峰上，如同为新娘披上曼妙的婚纱。那白净的新娘就像时装模特，眨眼就会换一身装束给人们的视野装进无数惊奇。

随着太阳的缓缓上升，那雪峰是动感的，那雪原、那峡谷、那披着晶莹冰凌的森林、那簇拥着的各种植物，这个美妙的冰雪世界并不冷、并不静，而是暖暖的、热闹的、生动的，是有

声有色的奇幻世界。

面对雪山日出，我竟无言以对，目瞪口呆。难道说我只能用美这一个词来形容，就不能找到更恰切的语言吗？

　　不能。这种美使我感到自己的笨拙，即便一个劲儿地拍照，记录的也只是定格的瞬间，那种动态的美，是无法收入我的镜头的。

　　看到多多拍摄的雪峰，延时摄影，那雪峰上面的色彩是变幻的，那云、那雪絮都是飞动的，令所有看到摄像的人惊叹不已。然而，那美妙的延时摄影，与我所见的雪山日出仍无法相比。要想感受那种震撼，只能亲自爬这山，看安纳普尔纳雪峰，亲眼看见太阳把雪山扫成暖床，再冉冉地从奇峰中升起。看着看着，你就会心灵飞升、飞升，好像自己重生了一样。

　　山顶上是一块很大的平地，有一个铁架子观景台，两边是旋转上去的窄铁梯。梯子拔凉，脚下也很滑，我仍爬上去，占据了一个角的位置，两边都可观看雪山。其实，人并不太多，谁上来都会有地方。并且各国徒步者都很友好，日出时，互相帮忙拍照，凡是最佳拍摄的位置，都是拍完马上让开，让别人也能拍到满意的照片。

人们笑笑笑、拍拍拍，第一次按下快门的瞬间，我的手抖了一下。

不是因为寒冷，而是因为激动。

其实，不用上这个观景台，下面看日出一样精彩，并且有些地方还有飘动的经幡、挂满霜雪的植物，都可以丰富拍日出的背景。

多多很会选角度，跑到人很少的经幡下，以此为背景拍雪峰。

多多在这里跳高，是与天公试比高？为了与雪山近些、更

近些，我让他退后、再退后，当我第三次要求他时，他大声说：再退，我就掉到山崖下了！

我光顾着抓镜头，太专注了，早把儿子的危险置之度外了。

这里海拔很高，可我们竟然没有什么高原反应。可能是产生免疫了吧？

看日出的人们久久不肯散去，我也是非常恋战的一个。

看到人们都到一个纪念牌下边拍照，我当然不会落下。那牌子上写着：POOM HILL，海拔3210米。那英文字母就是这座山的名字，叫潘恩山。因为这条线路很美，费时不多，很多徒步者专程来走这条线路。

多多说，他先行一步，不然一会儿人们都下山，安排早餐就会排后。

我磨磨蹭蹭地滞后了，那水晶一样的挂在植物上的小冰球太美啦，以雪山为背景拍一下，像一个清纯的小脑瓜！

那雪下怎么会有绿色的植物，怎么会有红色的小灯笼一样

的果实？小红灯笼高高挂，是在庆祝我们又一个胜利抵达吧？

　　下山的路都是小石径，跟着几个看日出的外国徒步者一起走，进入小镇后，竟然上上下下，找不到我住的客栈了。客栈怎么会在山坡上不翼而飞呢？幸亏我带着房钥匙，那上面有客栈的名字，语言不通不要紧，把房钥匙给当地人一看，就可以了。

　　这时才知道，自己犯了路线错误。想起上边有一个岔路口，我曾迟疑一下，从众心理作怪，跟着徒步的人一起走，走错了。

　　没辙了，只好又向山上爬，找到岔路口，走另一侧石径，这回才走上正确的路。多多已经吃完早餐，收拾好行囊。听说我走错了路，无奈地说了一个字："蠢！"

是的，一点儿没错，自己这次出行，依赖儿子惯了，不动脑，不用脑，这不是废了吗？

我急忙吃早餐，很丰盛：鸡蛋、卷饼、蔬菜水果沙拉、奶茶。

然后背上行囊，与儿子向 ABC 徒步线路进发。

ABC 在尼泊尔众多的徒步线路中属于低难度，但却是公认的最美的一条路线，一路有鱼尾峰相伴，不需要付出大量的体力和时间就能观看到 360 度无死角的雪山，体验被雪山所拥抱的感觉。同时线路上高山、峡谷、雪山、草地、河流，各种景观杂陈，旅行设施完善，走两三个小时就有客栈，若是旺季，每天都有成百上千来自世界各地的徒步爱好者在那里翻山越岭，即使一个人独行，也可以无忧无虑地把它走下来，所以说 ABC 是徒步者的最爱。

这里不像 ACT 大环线免费住宿，这里的客栈都是收费的，但是不用担心有谁宰客，尼泊尔的客栈都是国家统一定价，没有乱收费的问题，谁若违规是要受到法律惩罚的。

一路踏雪上山下山，热带森林的景观因有雪的衬托变得格外清新美妙。走路是累人的，但也是无比快乐的。大山里的村庄都很美貌，随意一个村庄拿出来都可以成为城里走红的景区。

当我们爬上另一座山顶，回头看，早晨望到的雪山就在眼前。这里的观望台好宽阔，经幡飘飘，山峦起伏，想起曾经背过的一首诗："红日，白雪，蓝天，乘东风飞来报春的群燕。"此刻，这里没有群燕，却有成群的白云在蓝天游走，真是大美境地。

遇到一群徒步者在这里早餐，我们不失时机，不停地选择角度，一阵狂拍。然后，走不远拍一张，再走不远又拍一张。我知道，我又会犯了与以往同样的错误，拍片子看哪里都好，可过后一看，很多照片都是没什么大区别。

这一路又遇到昨天经过的那种奇怪的树林，那树木高大，身板扭曲，千姿百态，有的树干像麻花，中间支出能进能出的几个洞；有的像个淘气的孩子，伸胳膊撩腿；有的树枝都向一个方向倾斜，好像在向谁作揖；有的像虬龙乱舞，有的像贵妃醉酒……很容易让人联想到新疆那活着千年不死，死了千年不倒，倒了千年不烂的英雄树胡杨。这些怪树是否也有胡杨那样的品格和灵

魂呢?

走在这样的怪树林中,真的使人产生很多奇思妙想。今天整整在这样的林中走了三个小时,这是怎样的令人兴奋啊。我都不知道我拍下什么了,哪棵树都想拍,我简直是举着手机不停地按,注意力全集中到这里了,早就把崎岖的山路、艰苦的跋涉忘到脑后了。

尼泊尔人是极其热情友好的,在一个山村的古树下,坐着几位乘凉的尼泊尔老太太,见到我们,很热情地打招呼,语言不通,但她们看我们的眼神充满了友好。离开时还给我们指路,一个小男孩竟然蹦蹦跳跳地跟着我们走了一段山路,直到看到开阔地才停下。他在担心我们走错路呢。估计这一天我们成了这个小村子的谈资:一个女人和一个儿子,背着大行囊徒步来了,那女的年龄不小,可却那么能走,那儿子长得可帅了……

夕阳西下,我们远远地看到了山上矗立的电视塔,啊,那就是 Chhomrong。

这个小镇坐落在山坡上,是 ABC 的一个重要点位。多少天不曾见到电视塔,这是原始与现代的一个分界。有了电视塔,是否就标志着人们的生活告别了传统、落后和原始呢?

山坡上是一个个石头垒砌的住宅,门前都是很大的院落,这里多数是客栈。看到一所学校,有绿色的运动场,还有篮球架子。多多还发现一个面包房,烤的面包相当不错。所有的建筑都面对雪山,那雪山是安纳普尔纳南峰,紧挨着的是美丽的鱼尾峰。

多多选客栈都挑花眼了,哪一家都不错,多多在石阶上爬

上爬下，也不嫌累，终于在半山腰选择了一个最为满意的客栈。
不光在室内开窗就见雪山，而且那宽敞的大露台，仿佛就是与
雪峰对桌而坐。

　　我们把行囊放下，都不愿进屋了，久久地面对雪山凝望。

　　在这个客栈遇到一对小夫妻，女的是中国人，是英语教师，男的是美国人，也是英语教师，两个人在同一所中学教英语。

　　女教师很开朗，她说能成为夫妻是因为看到他每年一到寒暑假就匆忙上路去旅游，年年如此，生活得很精彩。她不顾国度、生活习惯的诸多不同，与他走到一起。结婚 4 年已经走了很多国家，这次走完 ABC 后要告一段落，因为他们要孕育一个小生命，那样就得有 4 年的时间不能旅行了。再出发就得带着小宝宝三人行了。

　　看着她对未来的美好畅想，我真的很感动。因为热爱旅行，嫁给爱旅行的美国人，而她的宝宝还没出生，就已经列入一起出游的计划了。这是一个多么令人羡慕的旅行之家啊！

　　谈起走过的 ABC，她又痛又爱。她说，真的很惨，山上遇到大雪，走得极其狼狈，整整走了 6 天，第 4 天都崩溃了，一步都不想走了。下了山到这里，就在这休整了，这里就很美，住几天恢复元气后，就去印度玩，机票都订好了。她听说我和多多是 ACT 大环线上过来的，佩服得五体投地。她说这个大环线这辈子是必须走的，看来只能等到宝宝大了一起走了。

　　是的，旅行也要有计划，有节奏。尽管我酷爱旅行，也不希望自己常年奔波在高山大河中，每一年能抽身一两段的大块时间，去常人想去却不敢去的地方，去洗心洗肺，去切近地感受天地的永恒，发掘生命的潜能与热力，便足矣。其他的时间回到大本营，该干啥干啥。不能完全脱俗，那样的生活就不食

人间烟火，有点不正常；又不能不脱俗，那样就堕落为平庸。按照自己的意愿好好地设计生活，就能活得精彩，不同凡响。

这种骨子里的东西与生俱来，即为所谓基因。这种基因会随着血脉传承的，我的儿子也是很不安分的，一颗心是躁动的，习惯了各种折腾。是的，生活如果一成不变，那还叫活着吗？那样的生活我会厌倦，会不喜欢，变化和不确定性，正是我想要的，是我和儿子所追逐的。即便这样的人生看起来缺乏稳定，甚至越是年长越被周围的人视为不成熟、不靠谱，可我还是乐此不疲，似乎只有这样，生命才有味道，生命才美好。

美丽的安纳普尔纳雪峰，听到我心灵的絮语了吗？面对神圣的你，我是掏心掏肺的，请你保佑我，将我的每一个愿望变成现实吧。

微信照搬

于克：看景色似又回到人间了？

小A：张姨你去的地方真美，仿佛在画中。

呼噜猫：不走寻常路就会看到别样的风景。你来得更虐，这是尝试是探险，这更能看到诗一样的雨，及难得的自然风

光，此举令人震撼。

　　Hong lu：你所看到的景致不是寻常人能看到的，这风景只展示给勇者。

　　陈珍：彬彬享受大自然的恩爱，释放自己的感情，专注自己的追求，铸就生命之光，谱写人生壮丽的诗篇！佩服，值得赞颂！

杨光：对于您参加马拉松和跨越国境的徒步，深表钦佩和敬意。您不仅挑战的是自己和欣赏美景，重要的是对待生活的一种姿态，不断超越自己，净化心灵。使自己简单而不复杂，追求美而不奢华，心灵与美景同在。安纳普尔纳之山神一定眷顾您。祝您好运！期待您凯旋！！

大江：强人中的强人！为你加油。

鲁风：辛苦了！照片十分清楚，犹如亲临其境一般。感谢现代摄影和微信传输带给我的快乐。加油，夺取完胜！

鱼尾峰望着我们

1月3日，徒步第13天。全天行程19公里，爬升1646米，下降771米。上山下山，大起大落，见识了最美的山、最美的水与最美的笑颜！领略着热带雨林、雪山、冰川各种不同的风景，感受着不同的心情，有着不同的感动⋯⋯

早晨8：30分出发，我和多多经过进山检查站，在那里检查我们的进山手续，并且登记。那位负责的先生给我们一张地图，到终点的ABC山顶在册的就有9个位置有客栈，吃住都不成问题，单程27公里，往返54公里，有过训练的徒步者，预计4天完成。有的游客喜欢在山里住，那就待个十天半月的，也是很美的。

从山顶石阶一直下到山谷，树木繁多，那肥硕的大树叶子像无数扇子在树枝间摇晃，像在为我们吹凉。各种不认识的热带植物，叶子同样是巨大的、水灵灵的，很好看。

过了一座很长的钢丝桥，之后开始爬山，这里的山不枯燥，

一派热带雨林风光，到处山花盛开。走在静静的山间，发现山林中有声响，担心有什么野生动物出没。

多多也听到了，我们不停地向密林深处张望，可别碰到什么凶恶的狼呀、熊呀，那可不是闹着玩的。绕行无路，只能硬着头皮走。噢，随着响动的增大，谜底也出来了。

原来是大水牛，它们正在树丛中啃竹子呢。后来又看到马，也在啃竹子。

我不由地想，这里的牛马怎么都像熊猫似的，在山上吃竹子呢?

看到了猴子在树上打秋千，还有许多好听的鸟儿在唱歌。

安纳普尔纳的鱼尾雪峰一直注视着我们。绿色葱茏中还能看到雪山，究竟怎么组合的呢!

鱼尾峰，英文名是 Machhapuchhre，外国游客基本称她为 Fish Tail，因为她的造型就好像鱼的尾部，海拔 6993 米，是这里的圣山，还没有人攀登。

山路崎岖，山溪无序地从石头上冒出来，许多地方我们不得不在石头上、溪流上跳来跳去，我们简直成了花果山水帘洞的孙猴子，在山谷间上蹿下跳。

在一个山顶上的客栈，到处鲜花盛开，看到小碗装的红艳艳的草莓，多多立即决定在这里小憩。买了草莓，扔到嘴里，酸甜美味，真是太好吃了。这里能看到峡谷对岸我们的驻地，能看到那高高的电视塔，最令我们无比欣喜的是这里的网络信号比山那边的强，中断了两天的微信马上补发，亲朋好友们不一定担心成什么样呢!

比欣赏美景更重要的是与亲友们的沟通，急忙低头写，恨不能一下子把这两天的行程感受全部写

上，通过 Wi-Fi 让所有人分享。

　　ABC 徒步线路一路都会看到最美的鱼尾峰。阳光落在雪峰上，偶尔有云朵拂拭，就像是梦幻的美人鱼扬起了她的鱼尾。面对鱼尾峰，我忽然想到国人对鱼情有独钟，以鱼象征喜庆吉祥、富富有余。啊，此行对我来说，可不可以称为朝圣之旅，我所朝的圣，是我心怀感恩之人。元旦刚过，春节将临，鱼尾峰这美好的意象，正应该拿来祝福那些关注我、惦念我、理解我、支持我、鼓励我、帮助我的亲朋好友、兄弟姐妹……没有观众的演员该是多么寂寞，没有掌声的舞台该多么令人提不起精神？没有众人的欣赏，恐怕我就没有讲故事的兴趣了。我知道，关注的还有好多分会场，每天等着我的微信，随时转发着我的图文，那就让我借着 ABC 徒步观赏的中心景观鱼尾峰，向诸位说声祝

福：新春大吉，富富有鱼！

多多知道我一落笔洋洋洒洒有头无尾，没完没了，他若不招呼一声，就会误在这里。他叫我，走啦，走啦。

于是我那好多要说的话，只得打住。下次再说，怎么说，怎么想，又不知道了。

雪山上方的云朵变乌了，浓重了。先是雪花飘飘而来，像白蝴蝶漫天飞舞，将纯白的世界舞动得动感曼妙。或许是每个看到雪的人都心生美感，没怎么在意它是来干什么的，那雪一

下变身为雹子，并且来势凶悍，豆粒大的雹子如雨点般密集，打到皮肤上生疼。

　　无法前进了，必须找个躲避的场所。我们很幸运，正好赶

到 BAMBOO 客栈，为了不耽搁时间，遂在此午餐。

边赏冰雹边午餐，这是什么感觉？那雹子像细碎的鼓点哒哒哒，子弹打完了，瞅瞅什么都满不在乎的我们，无奈地撤退了。

再出发，乌云飘走了，阳光出来了，美景变幻，宛若在经历一场奇幻莫测的梦境。

青翠的竹林被雪点缀，原本充满生机的大地变成了冰雪的王国，每一棵树都如同灰姑娘的水晶鞋在阳光下闪闪发光。原生态的大森林变得更加生动起来。

大石壁上清流汩汩，踏石过河、踏竹过河、踏树桩过河，到处水声潺潺，大山上悬挂的冰瀑七拐八拐地垂下，有时发出闷响，那是冰瀑断裂塌方的声音。

傍晚，我们抵达海拔 3200 米的 DEURALI 客栈。

这条徒步线路比 ACT 大环线更容易完成，我们从出发地至山顶经过 7 个小山村，可餐饮、住宿、歇息。气温已零下 10 摄氏度，仍有各国徒步爱好者前来，沿途客栈统一收费标准，都是每天 400 尼币。热水是收费的，一瓶达 300 尼币（人民币 18 元），充电、洗澡也收费，其他餐饮价格也增高，到山顶一个鸡蛋 330 尼币（人民币 20 元）。餐厅点燃煤气炉集体围炉取暖，每人需交 100 尼币。

客栈的主人与多多交谈甚欢，他看上去 50 岁左右，长得很不错，看上去有点探险家的味道。他生于马来西亚，在此经营 33 年，每年最冷时休假两个月。早些年这里雪很大，度假回来，常常房屋都被雪埋住了。近几年气候变暖，再也见不到这种情形了。这里不通车，所有物资都需要人工背上山，生活极其艰苦。

　　不过，他活得很快乐，很满足。按照他的话说，在这里一点也不寂寞，世界各国的徒步者都会经过这里，都愿意在他的客栈落脚，外面的气息全都带进来了，再说，这些徒步的人都是很有精神意志的人，能为他们服务，与他们交流，是件无比愉快的事儿。他喜欢为这些人跑前跑后，做饭做菜，安排住宿，购买物品，屋前屋后总是令他忙得不亦乐乎。他说，现在徒步的人很多，淡季的时候，也有人上山，我们附近的几家客栈采取轮休的机制，以确保任何时候至少有一个客栈是营业着的。直到下一户人家上来接替，我们再撤下去。这种方法成了不成文的规定，既避免了无效竞争，又保障了徒步者能找到住处。

　　他是一位健谈而见多识广的老板，他一直与我们坐在长桌边，眉飞色舞，侃侃而谈，仿佛他就是徒步者中的一员。

我很感慨，在这个世界上，有各种各样的人和各种各样的生活方式，去理解以及体验他们的生活乐趣，是旅行的重要意义之一。

明天登顶 ABC，海拔 4130 米，不聊了，早睡早起！

微信照搬

田瑞：终于等来了你的消息。我们与你一起领略了安纳普尔纳雪山的奇幻与美丽。

桂枝：亲爱的，跟着你爬雪山，骄傲着你的骄傲，快乐着你的快乐，天天盼着你这个"风雪夜归人"啊。

林德昌：同龄人的楷模，女人中的豪杰！

胡兰：彬彬历尽艰险，方能阅尽人间美色。闺蜜心相随、神向往，与你一起观赏倾听大自然。谢谢你辛苦地发微信，带领我们领略这神奇之美，等你回来，庆功宴握手再言欢。

吕虹：真是美妙神奇，非常羡慕，非常佩服！

ABC 日照金山

1月4日，徒步第14天。今天是徒步以来最虐、也是最嗨的一天。全天徒步35公里，抵达 ABC，一睹"日照金山"风采。

我和多多早晨5点起床，整个世界笼罩在夜色里，没有一点光亮，只有我们的两盏头灯像两颗小星星在黑暗中独行。

这里的黎明并不静悄悄，而是伴着山上下来的河流的呼啸声。河中布满巨大的岩石，像一个黑色的鬼怪潜伏在波光中，一动不动地注视着这个幽深的世界。

脚下覆盖着厚厚的积雪，山路不平，深一脚浅一脚。登山杖派上了大用场，拄着走，等于多了一个稳定的把手，也减轻了膝盖忽上忽下的受力度，增强了安全性。

前几天从 ACT 大环线下来，

专门走了一个短线，已看到雪峰日出，这次我们改路子了，不守在日出附近的山顶客栈，而是从海拔 3200 米爬升到 4130 米的 ABC，看完日出就下撤，这样可以减少在高海拔的停留时间，又多了夜行雪山的一种新体验。

多多的这个路线设计得不错。

为了保暖也为了防晒，我们用百变巾将脸裹得严严实实，戴上棉手套，除了眼睛，基本上就没有露在外面的了。有时我觉得戴雪镜影响视线，就悄悄摘下来，可多多发现后立刻就会制止：你不要眼睛啦？长久注视太阳下的积雪，不用多久就会得雪盲症。

6 点钟，周围的雪山在夜色中渐渐显露。

7 点钟，太阳一点点打在雪山上。那情景真是神奇美妙至极，由黑色的轮廓变成灰色的、灰白的、白色的、洁白的、金色的，那金色由月牙形变成半圆、变成满月，这光影在雪峰间变幻演绎，将我们的视野化作浩瀚雄奇的大舞台，我不知道该怎样形容那种感受、那种美丽。拍照的手一次次冻得缩回，又一次次地伸出举起，阻拦我们前进的不是冰雪岩石，而是那柔美壮阔的雪世界。

从客栈到 ABC 终点需要经过两个小村寨，住户寥寥，只有几间小客栈。

刚上路时一个人影也没有。偶尔听到挺大的声响，吓我一跳，可能是什么动物发出来的，会不会是雪豹？可千万别是黑熊啊。有一种似乎比鸟叫更憨的声音，会是什么动物呢？无法确认。

那眼睛亮亮的、身体小巧敏捷的土拨鼠，在雪地枯草丛中探头探脑地望着我们，它的家族怎么这么庞大，在世界的任何山间荒野都能看到它们的身影。在内蒙古的坝上草原，在长白山的大大小小山丘，那土拨鼠翻地扬起的土花像扇面一样，而在这高海拔的雪山上，它们仍然"人丁兴旺"，遍地扎下营盘。

可能这山与他山有所不同，当你发现雪下覆盖的绿色植物令你好不惊喜，那是匍匐在地表面的阔叶草，绿莹莹的，身上披着白雪，这会不会是它在突降大雪之时被突然冻住的青春颜色呢？那冰冷就像琥珀将草的美封存凝固，当阳光用千万双手抚去寒冷，那些草又还魂了，起死回生了，所以高原上不乏神奇的绿色，生命仍在高海拔的雪山上蓬蓬勃勃。

走在雪山中并不寂寞，我们见识了各种新鲜的生命，有各样的生命包围着。

我们边走边看边拍，证实吾儿起早登山的建议真是太正确了。

观赏美景的代价是不寻常的付出，走得很累不说，衣服里面汗湿了，可却不能脱外衣，因为很快就会冻硬。空气中就像

有冰块似的，凉森森的，我的鼻涕冻得流出来了，自己却没有感觉，每次多多看到，都会提醒我。我急忙拿纸巾擦，不是我懒得出手，而是鼻子冻得麻木，没有知觉了。

我们走到第二个村子，看到全副武装的徒步者了，也开始向山顶走。他们见我们从下面上来很是惊讶敬佩。

有两个法国的青年男女在大岩石边上休息，与我们亲切地打招呼。

终于到了一片开阔地带，我们置身在一个四面雪峰环绕的境地，阳光打在雪峰上金光灿灿，把这雪峰的神奇打扮得更加透亮和美丽。这就是 ABC 啦！

那里矗立着一个很大的标志牌，我们情不自禁地挥着登山杖，真不知怎样才能拍出我们的英姿。

山顶的 ABC 客栈很暖心，那里有热牛奶，还有鸡蛋和饼，价格不菲，多少钱一杯不记得了，只要能暖腹暖身，就是天下第一美食，就要立即补充。鸡蛋竟然 20 元一个，我俩每人 2 个鸡蛋、一张饼。

屋子有很大的窗，冲着太阳升起的东方，阳光很好，徒步者们都坐在靠东边的木板凳上，让早晨的阳光温暖着身体。

餐后，浑身已经从冰冷中解脱，我和多多又向山脚下经幡缭绕的地方走去。

一圈巍峨的雪峰守卫着这片净土，默默地注视着酷爱它的子民。

雪地白得耀眼，和白云一样纯洁，天空蔚蓝，蓝得透彻。与我们沿途经过的截然不同，空气纯净得甜丝丝的，深吸一口气，感觉五脏六腑都被洗涤净化了。

很多天然的大岩石被冰雪包裹着，很陡很滑。我个子矮，只能手脚并用，小心翼翼地攀爬。我站在大岩石上，喘着粗气，可以看见远处缓缓起伏的群山，不由地感叹雪山这样庞大，我们小得就像蚂蚁。

我忽然发现岩石上有刻文，都是用刀子刻上去的外文。能在这里留下手迹，绝不同于旅游景区的涂鸦，那每一个字都是有纪念意义的文化遗存，那一块块刻字的岩石，都是一个个悲壮精彩的故事，这一片领地都是勇士们奏出的音符，大片的经幡在寒风中呼啸地拍打着悲壮的节拍。在这里看雪峰，在这里想象那些很早以前攀登雪山的勇者，真有江河在胸中激荡、看透世间万事万物的磅礴感。

我不知不觉地吟出几句打油诗：

> 冰雪不化数亿年，
> 厚德载物不妄言。
> 冷眼红尘多少事，
> 雪山面前付笑谈。
> 绝尘之旅大写意，
> 用脚走出新诗卷。
> 人生须臾眨眼过，
> 活出自我莫等闲。

该返程了。我们要返回早晨出发的地方，到那里是 8 公里。然后根据时间和体能，走多远算多远，若能返回到昨天早晨进山的客栈，那是最理想的目标，到那儿是 27 公里，今天总行程就是 35 公里。我多么希望我能跟上儿子计划的节奏，完成最理想的目标啊。

若按照正常走法几乎不可能到达，我和多多启动越野跑模式。这样的代价是，多多挨累了，背囊全都由多多负担，我跟上就是了。

下山刚走不远，竟然遇到正在上山的二姑娘。啊，她这么快就追上来了，真是太好了。她今晚要在山顶上住。后来得知这一晚她很遭罪，山顶冷风刺骨，海拔又高，她几乎彻夜未眠。高原反应再次降临她的头上。当然，这一切都被日照金山的大美奇景所冲淡。

下山约有十几公里的冰雪路，一跐一滑。然后就是春，就是秋，就是夏。

多多走在前边，我中间上了一次洗手间。当赶到 8 公里处我们昨晚住的客栈，竟然看到张强与多多对面桌坐着，两人谈得正欢。张强今天也到山顶了，多多告诉他，你能追上二姑娘。真好玩呢，我们四个熟人竟然在 ABC 相继相遇。

我到房间里换下我那湿透的保暖内衣，仅仅穿一件抓绒衣。我将冲锋裤外面的护腿脱下来，征询多多意见扔掉了，因为它已经完成了它的使命，再不用穿了，背着是个负担，远道没轻载嘛。在山顶上我已经把冰爪包好放在路边，谁若需要谁拿走，我背着它就成了它的奴隶。它们虽然都还有用，可这次用不上了，磨完磨，就杀驴。我不是这样浪费的败家子，可在非常时期，能减轻负担，完成自己的徒步计划才是首要的。

我将保暖内衣晾在墙栏杆上，走时却忘了，那是我出发前在迪卡侬专卖店买的。也许，冥冥之中有什么主宰着我，把可有可无的它留在山中，为我减负吧。

多多叮嘱张强走到 ABC 起点住到我们住的那个客栈。

我们分手了，约好走完徒步线路在博卡拉会师。

我和多多又上路了。

跑过铺满落叶的山间小径。那落叶黄澄澄的，就像凡·高画的向日葵，都是大胆的着色泼墨，很靓丽，很晃眼。走在上面能感到路的绵软，脚感好极了。

跑过溪水潺潺的碎石路。满目雪一样的山溪，那可以点亮眼睛的雪山流水轰鸣着奔腾而下，把静谧得如同世外桃源的山区鼓捣得充满动感和活力。站在被水冲得雪白光滑的大岩石上，像那个对风车宣战的堂吉诃德，仿佛整个世界都可以征服。

我们跑过印满马蹄、牛蹄的路径。一个个蹄印踏出的小水

洼根本不在我们躲避的范围，我们也像小烈马一样哒哒哒地跑
过去，身上溅上泥点水珠都是题中应有之义。

　　路上遇到气喘吁吁的老外，看我们俩撒欢地跑，很羡慕，很佩服，为我们让路，为我们竖大拇指，或干脆兴奋地喊：go!go!go!

　　途中经过两个客栈，多多两次问我，要不要在这里住下？

　　那时太阳已经落山。我说不用，我还能走动，到下一个客栈再说。到了下一个客栈，多多问我还能不能走了?我说,没问题。

　　实际那时我已经很疲惫了。因为我的右脚的伤痛始终没让我忘记它的存在。胜利就在坚持一下的努力之中，我们又继续前进。

　　终于，我们过了高高的铁索桥，我们从山这边回到山那边，看到高高的电视塔，然后是走也走不完的石阶，每隔不远就有人家，之后，路两边都是客栈了。

多多到一个糕点作坊买了苹果派等好吃的。他昨天就吃过，今天也不能放过。

我们终于回到进山检查站，还是昨天早晨的那位负责登记的先生，见我俩风尘仆仆地回来了，问我们到山顶了吗？看到雪山日出了吗？我们拿出拍的照片给他看，他大为惊讶，感叹：真厉害。

的确，我很累，但无比开心，我创造了自己的一个徒步纪录，给自己点个赞！

微信摘录

陈明杰：乐不思蜀啦。

超级玛丽：真像样。

陈晓雷：看到咱们国民女作家、旅行家彬彬大姐，好状态、好眼神，抖擞步伐，举重若轻，喜马拉雅用美丽的四季欢迎你们母子，壮哉大姐，健哉帅哥！愿步履稳健，行程顺畅！

胡兰：看图中山上的贴示板，忽然想起你们应该带上自己的 LOGO，关于母子与大山的约会，让更多的后来者知道你们的故事。让人们认识你们！

田瑞：住宿不贵，鸡蛋太贵。再贵也要吃好，体能消耗大，多吃高蛋白高热量食物。

渐修顿悟：铁人三项都能拿冠军。

热带雨林

1月5日，徒步第15天。今天行程16公里。依山而建的Chhomrong实在是太奇妙的小镇，躺在床上就能望见安纳普尔纳主峰和鱼尾峰，早晨看着阳光从雪峰顶部一点点扩展，真是太享受了。舍不得离开，真的相见时难别亦难。

出发了，途中乌云的大扫帚从身后扫过来，前边阳光灿烂，后面雪山依然被蓝天衬托。凉风袭来，雨点由稀到稠。我和多多加速行进，有几位欧美的徒步者甩开大步，比我们走得快。

雨点大了，正好经过一个山间客栈。门前有亭，我俩跑进亭子中避雨。·

店主是位老妈妈，热情地跑出来，招呼我们进屋躲雨，好暖心。

树叶被风吹翻，大雨如注，前边走过的几位欧美徒步者一定挨淋了。

骤雨很快变小，我们换上防雨服继续前进。

阳光来了，下起太阳雨，缕缕银丝在眼前细碎地飘。雨怎么以这么多的方式向我们展示她的诗意哩！

大山中的峡谷两边是翠绿的竹林，山谷里碧水轰鸣，一会儿拾天梯攀登，一会儿又下到谷底。

雨季在峡谷和大山中行走，最让人担忧的就是蚂蟥了，尼泊尔语叫久卡，英文名是 Leech，在海拔 1000 到 3000 米的森林中蚂蟥很多。蚂蟥在吸血前会变成长条，趁人不注意，从鞋子上爬上来，钻入腿里，吸血之后变得圆滚滚的，好像鼻涕虫，蚂蟥闻到人呼出的二氧化碳就会扑过来，预防的办法只有快速走动，或者喷洒盐巴在鞋子上、裤脚处。如果被盯上了，一定不能强行拉拽，这样会导致血流不止，可以用香烟头烧一下，或者撒一点盐。

幸亏我们这次徒步在冬季，因为寒冷，应该没有我最害怕的蚂蟥。可这里海拔低的地方冬季也不冷呀，还下着雨，会不会有那可恶的蚂蟥啊？

想到这儿，我的脚步倒腾得飞快，蚂蟥，你休想上了我的身。

徒步者多走左岸，多多却决定过吊桥走右岸。不走寻常路，这就是我儿子。

　　途中人迹稀少，仿佛走在热带雨林的无人区。

　　小路紧挨着悬崖，时而上，时而下，有时山上的青藤垂下，像一条蛇似的，突然在头上晃动，吓人一跳。

　　一条巨大的瀑布仿佛从山顶呼啸而降，轰鸣作响，煞是壮观。

　　多多很兴奋，说，走，咱们到瀑布下边看看。

　　沿着小路绕呀绕，经过一座残破失修的小桥，颤颤巍巍，真有点走钢丝的感觉。桥下的水流奔腾，冲力很大，壮观极了。

　　过桥后，再向山坡走不多远，瀑布就在悬崖后面探出霸气的身姿。

　　这么近距离地看着那水流轰隆隆地震天呐喊，瀑布两边的山涧被树木和岩壁遮挡，显得幽深而凝重，除了瀑布的喧嚣声，什么声音都被覆盖了。

我和多多对话只能打手势，真的有点又震撼又胆怯。

我们手搭凉棚，从上到下地观赏瀑布，这是这辈子最难忘的汹涌彪悍的瀑布了。观赏了，拍照了，再喜欢，也不能为它停留。

继续前行，没想到又一条瀑布在这里迎候。

啊，这条线路上怎么遇到这么多的瀑布啊！并且都是天字第一号的。这个似乎更长些，却很纤细。如果把第一条瀑布看成是雄性的，这个就是雌性的，很文静很优雅。瀑布从山顶冲下来，几乎无声无息，也许是我们没到瀑布下，与瀑布有一段距离，所以才感到她的柔美的一面吧？

多多在这里拍的照片很有创意，我伸出双手，做出捧水状，多多对好角度，拍出的照片是我托着瀑布，水流从我的双手穿过。我又如法炮制，多多也同样托着瀑布照了相。

摄影是真实的记录，可有时也能变通。看来我们亲眼所见也未必真实。

走在热带雨林中，穿越无数碧水溪流，完全原始生态，真是掉到美丽的大染缸里了，我们的眼睛被染成颜料盒了，看什么都五彩缤纷；我们的身心被染绿了，看什么都是生机勃勃新奇美妙；我们的脚板被染成飞毛腿了，看什么都想跑过去一睹为快。

看来任何时候"不走寻常路"都会看到不一样的风景。只要你想走，有足够的勇气走。

按照多多原来的计划，在经过的一个小山村驻足休息，不巧的是，那个村子电线被暴雨冲坏了，停电。没有光明的夜晚是多么难熬啊！

走，继续前进。又行了一个多小时，我们抵达一个叫 Tolls 的山村。

　　在行进过程中，听到对岸爆破声和机器轰鸣声，我们不时地驻足远眺。多多说，那是炸山修路呢。

　　我说，有了公路，再来徒步，就不像这次这么艰辛了。

　　多多说，那就会错过好多原生态的风景，这里还能叫"徒步者的天堂"吗？路修好了，也许对深山里的山民是一种方便，可是，徒步者还有多少人去住条件原始的客栈呢？这些大山中的客栈还能生存下去吗？

　　多多说得很有道理，想想这次难忘的徒步体验，我多么希望这原始美好的一切永存，成为子孙后代永远的福祉。我真的为那炸山开路的声音而担忧。

微信摘录

田瑞：彬彬，也许你们就是这片原始热带雨林最后一批体验者了。修路可以促进当地经济发展，同时也会破坏原始生态环境。留下珍贵的照片，为子孙后代做个见证吧。

吕虹：我在《北极、北极》中听到北极人这样说："我们不是大自然的免费博物馆，我们也要生活。"我想，由此应该理解炸山开路。

步步泪花流

1 月 6 日，徒步第 16 天。转自吾儿多多统计：全程无向导，重装（负重 25kg）ACT+Poonhill+ABC 完成。总计 16 天，总徒步里程 324.58 公里，总累计爬升 17124 米。

在 Tolka 这个依山而建的小村庄，我们的客栈前面临山，院子里有黄色的茅草顶的凉棚，花坛里鲜花盛开，院子的一侧是厨房，一侧是餐厅。正面是两层木制的长楼，楼上有阳台。山上的路从院子中间穿过，院子里就能望到雄伟的雪山，那是

安纳普尔纳南山。我们在进入 ABC 主景区看到的雪山，竟然在我们翻越无数大山后，于这里还能见到。

　　放下行囊，第一件事仍然是晾晒衣物，阳台上阳光充足，地板、栏杆都非常干净。然后就是洗澡，是在厨房边上一个小石头房里。这里不同于深山，有热水器，水管里流出的是热水，用后可直接从门前的小水泥沟排到山下。

　　收拾停当，晚餐还没好，趁空儿跑出客栈，到小村子漫游。沿路是石头铺的小径，两边稀稀拉拉的人家，都是木板房子，偶尔看到一两个人，都很有礼貌。

　　山坡顶上竟然建有一所学校，小学生放学了，三五成群地走来，个个活泼可爱，腼腆地向我问好，还摆好队形任我拍照。

　　晚餐很丰盛，客栈的食物品种多起来。每到一个客栈，多

多都会点那里最可口的饭菜。如果吃的不对口味，就是那里的饭菜就那个水平，只要填饱肚子就可以。

早晨起来，睁开眼阳光灿烂，多多已经没了人影。他到岩石边上拍的日出好美哦。

我也不能浪费这大好时光，欢快地跑出去。大山的早晨多么美好，耳闻山林中铃铛的响声，却不见牛的影子。小鸟已经叽叽喳喳地唱歌了，炊烟袅袅，山上的梯田披上金色的纱幔。

尤其是那亘古不变的雪山，还是那么静静地俯瞰着无数山峦，它的银发储满了智慧、凝聚了生命的至美，我以栅栏边上的红玫瑰为前景，为雪山拍照，权当我借花献佛，送给雪山的一朵玫瑰花吧。

8：30 我们从 Tolka 小山村出发，已习惯了上坡下坡，对爬坡已无丝毫反感，相反却有几分不舍。今天是完成徒步的最后一天了，心情相当放松。

上路不久，我们从大山下来，一条湍急的河流挡住去路。

河上有一架小桥，年久失修，千疮百孔，我们发现不远处就有土路，绕个大弯，过了河，有几户人家，几个摊床，摆着手串、项链、打磨的饰物、玩偶等各种旅游纪念品。

多多说，二姑娘已经跟上来了，咱们在这里等等她。

啊?! 二姑娘赶上来了，小女侠，真厉害! 太开心啦!

在 ACT 大环线下山的当晚，她在那里休整，我们继续下行。一晃分手已经一个星期。

没多会儿，看到二姑娘背着大背囊风尘仆仆地赶上来了。

太高兴了，真是了不起。分手多日，她自己独行 ABC 线路，现在又平安会合，真是老天保佑。

再开跋，有说有笑，一路上雪峰相伴，绕着鱼尾峰转了一个大圈，绕到这侧的鱼尾峰，更高耸壮观。

我们经常是走着走着，一回头，鱼尾峰就在身后的地方冲着我们微笑，我们不得不停下拍照。我们在一片古木森森的山头再看鱼尾峰，太震撼了。我们总担心再也看不到它，所以总是把看到的它当成最后的一瞥，便感到弥足珍贵，于是不停地拍照。

午餐的地方我们是认真筛选的，这是徒步途中的最后的午餐。我们在走进一个鲜花盛开的小山村时，发现山顶上有个客栈，

白色的露天的凉棚很显眼。我们便顶着大太阳爬上去了。那里的主人见到我们很高兴，现到地里采的新鲜蔬菜，各种青菜炒饭是我的最爱，还吃了什么，我都不记得，只记得这顿饭吃得很香。

太多的兴奋，太多的感动，也许雪峰真的有知，整个午前都靓丽宏伟，此时遥遥相对，竟然乌云突起，银色的山峰被遮住了，雪峰竟这么动情，她看到了我们的勇敢、顽强、拼搏，以及对她炽热的真情，才如此留恋吧？山的那边一定泪飞顿作倾盆雨了。

午餐的这个地方距离我们的出发地约10公里。从那个客栈出来，一路下山，这里的生活气息渐浓，鸡鸣狗叫都有了，羊在圈里咩咩叫，抬眼望远山，心不由地飘飘然，那一座座连绵起伏，皆葱茏如黛，丝丝缕缕的白云如轻雾缭绕山头，鹰隼在山腰间盘旋，如白练，如哈达，如梦幻，沿着山中小径，不知是轻快地走，还是迟疑着慢走，因为这一切都会成为我们的记忆的片段，真的不想走出这美妙的梦境。

在一片开阔地，我们三剑客与大山做最后的合影，告别得有告别的片子啊。当海拔降至1100米时，余下的只有2.5公里的石头小径了。

站在一个前面视野开阔的制高点，我们不由地停下脚步，从这里已经望到山谷里一片密集的房屋了，望到车水马龙的马路了，望到繁华热闹的市井了。回来了，我们整整徒步十六天，又完须完尾地回到人间了。

一步一回首，相见时难别亦难，满脸泪花流。我这么说，可

不是煽情，与雪峰日夜相伴，眨眼半月有余，多少苦累欢歌，多少艰辛不易，要道别怎能不难舍难分？

　　3：20到了 ABC 起点 Phedi。

　　又听到汽笛声了，又见到柏油马路了，又是繁华热闹的市井了。

　　运气好到爆，一辆公交车成了我们的专车。我坐在副驾驶位置，司机是个快乐的青年，语言不通，一个劲儿冲我笑。

　　我将小食品蓝莓干送他一把，他放嘴里，直点头。停车时，他还分给同伴们品尝。

我们住到博卡拉最美的费瓦湖边的宾馆。多多说，张强也到了。

还有什么比走过共同的徒步路线，在艰险中相识相交的徒步者更令我们亲近呢？当晚，多多找了一家中餐馆，与二姑娘、张强共进晚餐，庆祝我们徒步成功，大鱼大肉好吃的统统点，犒劳一下多日受了委屈的胃。

我们很自豪，因为我们的速度超常发挥，是否破了什么纪录，我还无法印证，但我们的速度是令很多徒步者望尘莫及的。按照原计划20天完成的路线，就已经非同凡响，而实际又提前到16天。能走出这个速度，与我们的谨慎而行是有关系的。对于20天能否完成，我们当时心里没底，出现暴风雪或者路不通等意外都是可能的，所以途中始终全速前进，不敢放慢速度，最终比计划时间还提前了。另外，我们都是马拉松跑者，体能强健，坚韧不拔，对完成此举信心百倍，所以，我们心想事成、梦想成真。

时间短短，收获无边。不仅仅是数字上的纪录，更有精神上无法衡量的收获。我觉着，我们的眼睛与别人不一样了，看到了多数人不曾看到的

美景；我们的脚与别人不一样了，我走过了世界最美的安纳普尔纳徒步路线；我们的感情与别人不一样了，在这世界上又多了一份牵挂，时时会像关注自己的亲人一样惦记着安纳普尔纳。

　　同时，我们可以向爱好徒步的人权威发布，在绝大多数人避开 11 月末至 3 月初这段冰天冻地、气候极寒的时间段去 ACT 大环线徒步。我们却用行动打破了这种惯例，即使海拔超过 5000 的地方，依旧是可以徒步的，而且也不需要特别的技术和装备。什么事物都是两个方面，这个时段有极冷的弊端，但也有它好的一面，徒步人少，难得的清净，仿佛整个世界都属于你，你是天地的唯一主宰。同时，晴朗无雾的天气居多，视线高远，"一览众山小"的景色经常看到，使你感到大气磅礴的美，心胸变得无比开阔。所以，我要说，尼泊尔雪山的冬季照样很精彩。

再见，我的安纳普尔纳！再见，我的喜马拉雅！

微信照搬

巴顿：好！美！大姐多多加油！

陆静：祝贺你们的胜利，一直关注着。

青青：为你们高兴，为你们自豪。

关力：彬彬佩服和美慕你，活出了自己的精彩人生，壮哉！问候你和儿子！一定要安全、健康每一天！！

李福林：把"十六天徒步"写成书，把拍照美景做成画册或年历！

贾先生：还在走？要走遍万水千山呐！及时凯旋吧……我们都觉得累呀。

飞鹰：登上险峰，方得美景。

胡兰：欢迎回到人间。

明哲：三个征服者背后是众人望断天涯也难寻见的壮美奇观！你触手可及的是我们终其一生无法抵达的。绿树、青山、雪峰、蓝天、骄阳……还有那萨日朗的红艳！让人瞬间惊艳到无语。而这还不是尔等的全世界，这么一场绝尘的盛大清欢，沁人心肺。

于克：如此惊世骇俗的体验，如此感人的意志、勇气、眼界、胸怀和精神，以及与崇高境界一样令常人难以企及的体力与精力。

陈鸽：巾帼不让须眉，全程拜读大作，钦佩至极！羡慕白山松水第一才女豪气冲天！

解四朵：向你学习，敬佩。

疯玩博卡拉

1月7日至9日，在被称为喜马拉雅后花园的博卡拉，参观国际登山博物馆，荡舟费瓦湖，登上世界和平白塔。这座城市真美！

什么叫松绑？当卸载驮在背上16天的行囊，你的肩膀解放了；当走了半个月的无路可走的路，重新回到平坦的马路，你就明白了松绑的意思，那个轻松呀！身轻如燕就是这个意思吧？武林高手的轻功就是这么练成的吧？今天什么也不背，漫步博卡拉最美的费瓦湖边，简直脚下生风，沿湖一直走到无路可走。然后，又徒步去国际登山博物馆，行程3万多步，占了微信好友运动的封面。

从山上徒步下来，没乘坐过任何车辆，都是"11路"（双腿）当道。因为这么平展的路，走在上面像《封神演义》的神行太保，百八十里的不算个啥！

博卡拉（Pokhara）被誉为"南亚瑞士"，与加德满都相距约200公里，是尼泊尔的第二大城市，也是尼泊尔西部地区的中心。这个喜马拉雅山脉脚下的城市，以壮观绝美的雪山风光、舒适宜人的湖滨环境，吸引着来自全世界的旅行者。

博卡拉的旅行者聚集区是沿费瓦湖的湖滨区。除湖滨区之外，博卡拉市还有坝区（Damside）、新城（New Bazaar）和老城（Old Pokhara）这几个板块。博卡拉的原住民是轱荣族（Gurung 也 称 Tamu），他们在这里生活了很多年，几乎过着与世隔绝的生活。

午间与儿子在"老北京"宾馆午餐，吃的芹菜馅饺子，外加两道炒菜。

餐后，徒步去登山博物馆。

国际登山博物馆，这名字就让我兴致盎然。这里一定讲述了许多登山家的故事吧？这里一定被浓厚的登山气息包围着吧？

习惯了徒步，虽然博物馆在市区边缘，挺远的，可走过大山大河的我们，不在话下。再说，这也是了解城市、了解民俗的最好方式。估计走了五六公里，终于看到一片视野极其开阔的地块，四周绿草如茵、花木葱茏。一座外观呈山峰形状的建筑，与四周连绵的山脉融为一体。不用问，这就是登山博物馆了。

门票每人 400 尼币（25 元人民币）。走过两边花坛的柏油路，走过扬着水花的喷水池，我们走进了庞大的博物馆。博物馆的举架很高，一楼展厅很宽阔，中间是长长的缓坡通道，像上山一样一直步行到二楼。我想，这可能是一种人与自然和谐的设计理念吧？

博物馆展示了不同时期各国登山家攀登珠穆朗玛峰等世界著

名山峰所使用的登山装备和照片，许多照片十分珍贵。其中包括 1988 年中、日、尼三国登山运动员成功进行"珠峰"南北坡双跨时的照片。

尼泊尔拥有十分丰富的高山资源，也是世界登山运动水平最高的国家之一，在国际上具有十分重要的影响。登山运动在尼泊尔国民中拥有至高无上的地位。1953 年 5 月 29 日，尼泊尔的夏尔巴丹增与新西兰著名登山家希拉里共同实现了人类首次登顶世界最高峰珠穆朗玛峰，为尼泊尔赢得了巨大的荣誉。

在博物馆里可以看到大量的地质、岩壁和动植物标本，还可以看到早期尼泊尔山区少数民族的生活用品、服装服饰、爬山用具等，还有关于喜马拉雅地区的历史、文化、地理和生物的展览。可以说集登山、科研、文化于一体，体现了自 20 世纪 50 年代以来国际登山运动历史发展的清晰脉络，堪称国际登山运动的宝贵财富。

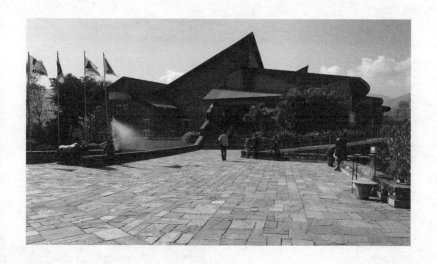

Mt.Shisha Pang
8,013m

我最感兴趣的是尼泊尔的那一座座雪山，据此，我们可以反观来路，寻找到刚刚爬过的山。在安纳普尔纳沙盘前，儿子详细地边看边指点着我们走的路线，绕了一个 ACT 大环线，ABC 终点一圈的雪峰都那么迷人和不易。还有许多历史图片，让我久久不能平静，那些勇敢的人太令人敬佩！

我太喜爱这座国际登山博物馆了，据说尼泊尔政府对登山运动高度重视，把登山作为振兴国家经济、外交和旅游，促进体育事业发展的重要举措。这座国际登山博物馆的建设，尼泊尔政府和尼泊尔登山协会投入了巨大精力，从选址、设计到施工，前后历时 8 年时间，于 2004 年 2 月 5 日举行的揭幕仪式。

雪山徒步后，又能到登山博物馆参观，真是太美的享受了。

微信照搬

新桥：同龄的骄傲。

阿兰：我看你是要飞起来了。

李君：我所有的封面都被姐姐占领着！

高氏：恭喜姐又圆满完成了人生一个新的历程！

猫姐：承受的越多，肩负的越重，力量才会越大。你经历了又一次蜕变，当重新飞翔的时候，才会翱翔在天地之间。愿你飞得更高！

玲哉：山下山下，风光如画！毛泽东诗词原文是："山下山下，风展红旗如画。"这里没有红旗，所以变成风光如画。平安归来，就是一幅绝美的画！

吕虹：我都替你感到轻松啦。

田甜：几天没有彬彬的消息和美文，我还真是小期待，如今王者归来，可喜可赞。你是真正的勇者，向你致敬！

臧绪英：终于胜利了，我们牵挂着的心也放下了。又一次人生的自我挑战，又一次人生经历的辉煌，为你喝彩！为你自豪！

划船去世界和平佛塔

在博卡拉的任何角度都能看到费瓦湖上矗立的青山，看到山上的白色佛塔，那塔子很醒目，是博卡拉地标性的建筑。我很渴望登上佛塔，一睹博卡拉全景。

据旅行攻略上介绍，到世界和平塔路途并不近，有一条徒步路线，需要走3个多小时，才能到山顶。二姑娘说，咱们不那么走，从费瓦湖上过去，那就少走很多路。

我说，那得划船，还不知道那里让不让登山啊？

她说，划船过去，试试看，不让上山，咱们在费瓦湖上荡舟也挺美！

好哇，就这么定了。

我们先去费瓦湖岸边的一家餐厅吃了顿鱼排，鱼是费瓦湖的鱼，鲜美无比！

然后我们跑到费瓦湖船台租船。710 尼币+20×2（救生衣）=750 尼币。

开船喽！我俩都是不会水的旱鸭子，可我们有的是聪明加勇敢，握着船桨，很快就找到感觉、得心应手了。我们在湖中自如地漂游，还和外国小伙子打招呼，好不惬意。费瓦湖的湖水碧绿清澈，在蓝天白云下波光粼粼，划着船，不慌不忙地游湖，尤其是走过雪山后，在此休闲地享受山光水色，那种磨难后的甜美，那种自讨的苦与甜的巨大反差，让我们感到生活可以如

此大波大澜，可以有激扬的贝多芬的英雄交响曲，也可以有舒伯特的舒缓的小夜曲，真是太享受了。

船顺利地摇到对岸，靠岸了，与那里一个小亭子里的尼泊尔女子简单交流，确认可以从这边上山。真是太高兴了！

我们请岸边的女主人帮忙照看船，给了她一点

小费，就 OK 了。

我们爬山走得很快，有的地方有大石头台阶，有的地方是土路，看到很大的榕树，树的胡须垂得长长的，都要拖拉到地上了。我们看到了大芭蕉树，还有很整洁的小院落，是经营餐饮的。仅仅用了 45 分钟，我们便登上了山顶，看到了白色的世界和平塔。绕到这个塔上的路稍微陡峭些，走的人寥寥无几，可这对我们来说是轻而易举的。

这座世界和平塔是在 2001 年落成的，是由尼泊尔、泰国、斯里兰卡与日本四国合资建造的佛教白塔。白塔的构想，源于日本 Figi Guruji 法师，为了唤醒世人吸取广岛、长崎原子弹爆炸的教训，决定在不同的国家建造 100 座白色的"世界和平塔"，

以传播佛教的无诤哲学。尼泊尔白塔是百座世界和平塔的第七十一座。

白塔矗立于山顶，站在下面向上望去宏伟壮观。在白塔基座正前方有一个双手合十的半身人物像，是尼泊尔国王在做礼拜的雕像。

登上二层台阶的基座，我们按照当地习俗脱掉鞋，光着脚观瞻。高大的白塔四面各有一座释迦牟尼佛祖的雕像，分别由兴建佛塔的四个国家修建：日本的坐佛，尼泊尔的立佛，斯里兰卡的佛陀悟道和泰国的卧佛涅槃。世界和平塔的四面墙壁上，塑着佛祖释迦牟尼四个阶段的雕像。分别反映了佛祖在尼泊尔蓝毗尼的无忧树下诞生、释迦牟尼佛祖在菩提伽耶的菩提树下觉悟成佛涅槃、释迦牟尼佛在鹿野苑初转法轮、释迦牟尼佛在拘尸那迦城涅槃灭。

站在山顶俯瞰费瓦湖，可见周围的雪山，山水间浮动着一个个彩色的滑翔伞，充满动感，真是太美了。

从山上下来时，远远看到我们的小船在岸边孤零零地停靠着，心里的石头落了地。因为岸上阳光强烈，人都不知去向，收了我们小费的女子也没有了踪影。

我们想把小船撑离湖岸，谈何容易。这时不知躲在哪里的小伙子跑过来帮忙，把我们的船推入水中，又可以滑动了。

远远看到湖中的巴拉赫神庙烟火很盛，这是一座印度教寺庙，很多人乘坐摆渡的大船到上面膜拜。

看看时间还来得及，我们当然也要去，划着小船去。因为逆水行舟，费了很大力气才划到了小岛岸边。为了不让船飘走，我们只能分头到小岛上观瞻。

　　记得当年我们上小岛，只有几个人，再就是满岛自由飞翔的鸽子。现在可不一样了，人多得像集市似的，烧香的，拜佛的，摆摊的，如果从高处俯瞰，都是攒动的脑瓜。我转了一圈，

急忙逃离回船。景色是美的，鸽子还是大群地飞翔，就是缺少了从前的静谧安宁。

这一天玩得好爽。晚间到滨湖的小街上一直逛到小半夜，仿佛从大山里回到都市，眼花缭乱，有种啥都玩不够看不够的节奏。

再也找不到感觉了

1 月 9 日，我们告别了博卡拉。

早晨 8 点打的士，200 尼币（12 元人民币）到长途汽车站。乘坐 8∶40 的汽车，去加德满都。每人车票 390 尼币（24 元人民币），200 公里的路程，大约 6 小时到站。

雾气腾腾，厚云浓稠。太阳是白色的，山全隐去了，什么都看不到了，就像一场演出结束，拉上了大幕，一切像一场梦一样飘走了。

走不完的盘山路，全车人昏昏欲睡，靠近加德满都频频堵车。车里满满的人，没有空调，闷热，开着车窗，一停车，尘土忽地涌进来，无法躲避。

相信所有乘车的人对这段路都会印象深刻。

终于到了。从车上下来，有一种大赦的感觉。看见车就眼晕，不想再乘车了。

我们徒步 1.8 公里，穿街走巷，找到在网上订的南山宾馆。

这里是一个封闭的院落，三层小楼。顶楼是尼泊尔式的大

阳台，可以晾晒衣物，饭厅在二楼，我们住在一楼，环境相当不错。价格每天900卢比，每人每天不到30元人民币，还包早餐。尼泊尔的宾馆住宿价格实在是太低了。

洗漱完毕，晚间去中鼎华人餐馆吃水煮鱼。

鱼的味道不错，想不到的是夜里翻江倒海。也许是徒步积攒的劳顿此时总爆发，也许是心火太大要找个释放的出口。还有一种可能，加德满都的水污染极其严重，所有的河流的水都是污浊的。我们已经小心翼翼地尽量不喝宾馆的水，购买矿泉水，可是仍然在最后的时刻没有逃脱污水的祸害。

10号这天很不舒服，肚子咕噜咕噜地捣乱，使我对加德满都的游览品质大打折扣。

拖着乏力的身体，走在路上，吐了两次，都是突然间发生，

多一分钟都不能忍受，幸亏很快找
到卫生间，不然就会很不雅。本该
好好恢复体能，这一来什么东西也
不敢吃，两天又加速瘦掉一大圈，
真是雪上加霜啊。

　　加德满都的迷人之处是，"神跟
人一样多"，"庙跟房舍一样多"。尼
泊尔百分之九十的人信仰印度教，其
余则信仰佛教、基督教、伊斯兰教，随处可见寺庙那是不必惊讶的。

　　由于到处都在地震后的恢复重建，到处暴土扬尘，狭窄的
马路挤满摩托车、汽车、人力车，还有拥挤的人。戴着口罩的
人像刚从地震废墟的灰堆里钻出来似的。街巷里的羊肠小道，
烈日下的尘土飞扬，数不清的庙宇、宫殿、宝塔错落在市井之

间，当地人擦肩而过的微
笑……你不得不承认，这
是一个贫穷和幸福感并存
的国家。

　　与外面不同的是，每个
家庭的院里都有鲜花绿树，
楼顶还有花园一样的阳台。

　　泰米尔是加德满都老
城的地标，也是国外游客
聚集的地方，狭小而喧闹
的小巷挤满了游客所需要

的小店。我们在泰米尔区漫步,路过一条条小巷、广场和小神庙,体会这老城区的市井风情,不远处就是有名的杜巴广场,广场上的老皇宫已经破败不堪,残留着以往庄严宏伟的本色。这里竟然收费 1000 元,我 11 年前来是随便参观的。

很多游客坐在寺庙的台阶上,像当地人纳凉似的,欣赏着独具特色的浓郁宗教气息的街景。哈努曼多卡宫、活女神庙、塔莱珠女神庙……我真的不想记住它们的名字,统称为庙宇即可了,对要背诵好几遍才能记下来的东西我已经没有耐心。

对脸上仍然涂满各种油彩的僧人或者乞丐我是没有丝毫分辨能力的,因为尼泊尔人以施舍为荣,也以乞讨为天经地义,在他们的神态中都是那么自然、理所当然,我不想分辨这些的原因是我不研究佛教,只是能记住对尼泊尔的印象就好了。

那洞察世界的佛眼

1月11日，去猴庙。猴庙坐落在加都以西3.8公里的一座小山丘上，据说有2500年以上的历史，是亚洲最古老的遗迹之一，被列为世界文化遗产。相传释迦牟尼曾亲临此地，每年佛祖诞生日时这里都要举行盛大的法会。从这里可以俯瞰整个加德满都，天气很好的情况下，还可以看到围绕着加德满都山谷的众多雪山。所以，猴庙成了加德满都的必到之地。

顶着炎炎烈日，我和二姑娘穿街走巷，凭着地图找到猴庙。

十一年前我曾经来到这里，印象中没有这么一圈高大宏伟的围墙，那是很有特色的围墙，某一段墙上是宗教故事的图案，某一段是长长的望不到头的转经筒。有很小的人影虔诚地从远处手抚转经筒一步步地走来，走到跟前，对我们报以微笑。每隔一段墙都有一个飞檐画栋的寺庙，里面供奉着什么神或者巨大的转经筒，人们虔诚地膜拜着。我和二姑娘到这里没有马上登山，而是绕着猴庙转了一大圈，这一圈可不小，约有2.5公里。这等于转了一次山吧。

　　然后，我们开始登山，长长的石阶，一直通向山顶，半山腰是售票处，门票 200 尼币。

　　越向上石阶越陡，猴子越多。爬到最顶上的台阶，一仰头，巨大的四方顶佛塔直插云端，使你不能不仰视。猴子成群地毫无顾忌地蹿来蹿去，还有大大小小的狗无视人们的到来，懒洋洋地躺着。礼佛的仪式进行中，人们托着食品、鲜花跪地，虔诚地膜拜。

　　猴庙的许多建筑都被地震波及了，有的庙宇几乎整座被摧毁，正在修复中。可喜的是这座主体建筑还健在。

　　猴庙在尼泊尔也称作"四眼天神庙"。因为中间的主建筑金色的塔身之上的四面画有巨大的佛眼，表示佛法无边，无所不见。这巨大的佛眼在尼泊尔无处不在，是一种符号式的标志。

看到这里的佛眼，与在街上门店看到的各种绘画、饰物上的佛眼感觉不一样，当你与佛眼对视，顿觉神光穿透五脏六腑，感到一种神圣的威慑力。那无所不在的佛正在注视着脚下芸芸众生，也注视着渺小的你。两只佛眼中间有一个螺旋形的小眼，为智慧之眼。佛眼代表太阳和月亮，代表智慧和

洞察力。佛眼下边的鼻子好像是一个问号，据说是尼泊尔数字的"1"，代表和谐一体。佛眼上方有 13 层逐渐螺旋向上递减的金黄色圆轮环，代表着 13 种境界通往涅槃，代表极乐世界；而

最上面的圆形华盖就是涅槃，也就是通往极乐世界。佛塔的整个造型从上到下分为 5 块，含义分别是：最底层代表"地"；白色的半圆主体代表"水"；螺旋向上递减的金黄色圆轮环形成的塔代表"火"；上面的圆形华盖代表"风"；最上面的代表"天"。也有人说这座拥有金色的塔身和四周巨大佛眼的四眼天神庙表示佛法无边，也有人说表示爱与和平。

这里的野生猴子数不清，被奉为神灵，故被称为"猴庙"。猴子一点也不怕生人，也不会主动骚扰游客，比起峨眉山上的猴子可要老实多了。

站在佛塔下宽阔的平台上，从山顶可以看到整个加德满都河谷。俯视着那密密麻麻的建筑，矮小得蚂蚁似的星星点点，感觉天地一片混沌，整个视野灰蒙蒙的。这个山谷中的尼泊尔首都没有突出标志性的高楼大厦，只有周围影影绰绰的银色雪山，显露出几分与众不同，那是高山王国的独有特色，无论你是多么高贵的大国，还是多么富裕的小国，谁能可比？

下山走的是另一条石径，在山脚下的一个小饭店吃的午餐。一碗尼泊尔蔬菜拌面，一碗酸奶，真是太美味了。

距此不远有一个自然历史博物馆，我俩信步而去，门票50尼币（约人民币3元）。展馆不大，但却有好多动植物标本，这是一所大学收集制作的各种标本，从雪山上的雪豹、熊等动物，到水里的巨蟒、蛇、娃娃鱼、大蜥蜴，到森林中的各种飞禽。

对了，还看到了蜂鸟，就像指甲盖那么小，好漂亮啊！我们徒步雪山时就是在它聚居的家中穿过，它太小，飞得太快，没有拍到，这回可仔细地看到了。

还有各种植物，我忽然想到在大山中看到的怪树，这里会不会有呢？那是大片地出现的怪树，奇怪的是竟然没找到。请教博物馆的管理员，她摇着头，很热心地找来一位先生。他是一位教授，我将拍下的树木的照片给他看，他仔细地看过，竟然也摇头，说了些什么没听懂。二姑娘说，他要回去查查，弄明白会微信告诉她的。哎哟，我的这个问题真的难住了教授先生？他又是如此认真地对待，令我很是感动。

博物馆虽小，馆藏却不少，藏品挤挤擦擦地装得很满，只是研究得不到位，可能人力所限，许多东西只是收藏展示教学用。但确实是让人长知识、流连忘返的地方。

从这里出来，我们又去了一个叫作"梦幻花园"的地方。那个地方很有名，旅游地图上都有介绍。其实，这个花园很小，20分钟就能走一圈，但在尼泊尔就是很精致的独特景点了，各种各样的古木、花卉，还有小松鼠跑来跑去。院子中有一个很大的欧式建筑，建筑的前面是一个小湖，漂亮的建筑倒映在湖水中，别有风情，这可能是这里吸引人的所在。

剩下的时间没有要去的目的地了，我们就漫无目标地逛街，只要在国外是不会把时间浪费在房间里的。充沛的体力加好奇心，使我们马不停蹄，更何况这里的小商店无穷无尽，挨家走吧，到哪都是热情的笑脸，物价又极其低廉，走在这里感到自己底气十足。尼泊尔商贩也很看重中国游客，因为一个

个都是购物的踊跃分子。我是不爱购物的人，可也买了纯毛绒的围脖、尼泊尔奶茶等。

　　次日，1 月 12 日，我们终于要回国了。下午 4：30 飞昆明。

　　早餐后我们便背着行囊出发了，二姑娘要买一本美国出版的书。这一下我们又有机会把加德满都的书店浏览了大半。一路急行军，走了十几家书店。书店很多，几乎每条街上都能找到，

多数营业面积不大，看上去旅游和宗教类的书较多。二姑娘要找的书没找到，这是一个小遗憾。14 点钟，我们打的去机场，300 尼币搞定。

　　别了，尼泊尔，27 天的旅行至此画上句号。

　　句号，是个圆，代表圆满。

微信照搬

风雪归人：坚强的意志，伟大的旅程。

贾先生：你从雪山走来，鲜花是你的风采……

玲哉：雪山高入云，登上欲断魂。闻君安然归，高筑凯旋门！

老马：你的壮举令人惊叹，你对天地的敬畏感恩之心更令人动容。你怎能不是大自然的宠儿呢?！谢天谢地，期待你凯旋。

田瑞：彬彬，近一个月的行程，历尽艰辛，却也快乐无限。我们没有你的那份经历，却分享了你的快乐与惊喜、你的振奋与感动。从而也激发了我们对生活的更加热爱和对生命的倍加珍惜。谢谢你。为有你这样的朋友深感幸运与骄傲。一场隆重、热烈的欢迎仪式在等待着你。

谈笑凯歌还

　　带着赫赫战果归来了！被高原的烈日晒出两片高原红的我，被雪山缺氧折磨得又黑又瘦的我，如同非洲难民，很想闭门休整几天，让颜值恢复，别吓到哪位朋友；很想像狗熊趴在窝里睡上一个冬季，让疲惫的身体得以复原。可是，这怎么可能?!

　　最有竞争优势的是我的七仙女群和四闺蜜群，可姐妹们心疼我，让我休整两天，这一来，我的净友群抢了头筹。

　　众人看到我，心潮激荡，仿佛我刚从沙场归来，过了鬼门关，如今还能笑着喝酒、与大家分享喜悦分享豪迈已令他们惊喜若狂。多少日的天各一方，多少日的牵肠挂肚，多少日的担忧惦记，都在这一刻释然了。开心的酒，浓浓的情，男儿喝出英雄本色，女儿喝出脉脉真情，人生得意须尽欢，莫使金樽空对月。喝到兴头，又到 KTV 尽情尽兴，每个人尽展才艺，曲艺、诗朗诵、新歌、老歌都煮在一起，每个人都放开了。玩儿累了再杀个回马枪，宴开二度。龙哥排行老大，做的第一东，喜大普奔、大喜过望、人心大地、普天同庆，用小红的话说，为姐接风，酒逢知己千杯少！哥有哥样，姐有姐样，又有才，又性情，个个优秀！而这还不算完，仅仅是第一弹，轮流接风的顺序已经排好！

我的心情怎么形容呢？百感交集！能在这样的感情潮水里激荡一回，恐怕不是谁都能得到的。

你方唱罢我登场。

四闺蜜之一的桂枝说："盼星星，盼月亮，终于盼回了我们心中的女神彬彬，给彬彬接风洗尘是我们的'重大节日'，考虑彬彬一路辛苦特意给彬彬放假三天。不想，彬彬还是偷偷去'约会'了。"

瞧瞧，有点小醋意。我的七仙女争持不下，最后阿兰一锤定音，别吵了，再争打起来了，AA 制！桂桂争得选址、定时等操办权。一进餐厅，众人欢呼、拥抱、送上刚出炉的蓝色妖姬。这束花是由香片制作而成，可持久保持香味儿和样貌。她被安置在一个精美的带 LOVE 标志的盒子里，缠着飘逸的绸带。花语阐释：相知是一种宿命，心灵的交汇让我们有诉不尽的浪漫情怀；相守是一种承诺，人世轮回中，永远铭记这美丽的故事。

美女、美酒、美意、美花，一美到底！

田瑞带来了珍存多年的大香槟。这帮姐妹还没喝就已醉得不成人样。上来就起哄非要来一个洋范儿，制造庆功气氛，想看那香槟酒从瓶子里喷扬出来的样子。这非分之想不知被谁理性地制止了。这可不是荒郊野外，那么大一瓶酒，真的喷出来，冲到华丽的顶棚、绚丽的吊灯、墙壁的雕饰上，这高档酒店可就真的炸营了！

姐妹们不知怎样来迎接平安归来的"船长"了，所有的惦念、

所有的牵挂、所有的欣喜、所有的释然，都凝聚在这一刻了。

看到我的黑手背，看着我脸上的高原红，看着我眼角变深的皱纹，看着我又瘦了一圈，好不心疼。就差那么一点点儿，庆功会就变成了声讨会了。告诫我，再不许造次，这把年龄了，不能再冒险、再搞极限运动、再超负荷，该消停消停了。其实大家心知肚明，这些话等于对"牛"弹琴（哈，我就是"牛"嘛），我的这条命，就是用来拼的！

姐妹们对我的这趟出行，争议贯穿始终，认为我此举无异于玩命。但我认准一个理儿：上天赋予我生命，我要尽可能地挖掘出生命的潜能，活得更精彩！于是一切一切都变成了沿途的加油和呼喊，还有大气不敢喘的关注与祝福！

这样说毫不为过。用胡兰的话说：比较彬彬以往的出行，这次的挑战性最大，因此关注度也最高。但是朋友圈儿里的留言出奇的寥落。为啥？大家都悄悄地捏着一把汗，屏住了呼吸，不敢有半点造次。

尤其是登顶的关键日子，手机无信号，群里万马齐喑，唯恐哪句猜测不吉利给我带来灾难。甚至连鼓励的话都不敢多说，因为呼声太高，怕我忘乎所以……

此行高海拔、负重而行，有太多的未知和不确定性，让姐妹们吓着了。

经过此行检验，姐妹们都知道彼此在朋友们心中的分量，每一个都不是可有可无，都是很重要的。自从上了这条船，永远不分开。仙女们对 2017 有很多美丽的期待，不光朋友圈中要置顶，并且设立活动基金，还要策划出行，还给我这个"船长"规定硬性任务，没完成，要对每个人进行经济赔偿哩！

好吧，姐妹们，玩儿起来，疯起来，让生命精彩起来，今年 2017，一起嗨起来！

大家忘情忘形，唱起来跳起来，《英雄赞歌》《横断山脉》，这些歌都是唱给我的。当阿光唱《沁园春·雪》时，阿兰忽有发现，瞪大眼睛煞有介事地说：毛泽东写的这首词，细品品，那不就是写给彬彬的吗？她今天穿着红色的旗袍，"看红装素裹，分外妖娆"，"江山如此多娇，引无数英雄竞折腰"，关于生命，有人活长度，有人活宽度，有人活厚度和深度，而彬彬活高度，这不正是"欲与天公试比高"吗……瞧吧，姐妹们表扬我都急不择路了。

　　那些天，我成了感情的震中，随后到来的"接风"潮，大规模的、小众的，如大珠小珠落玉盘，令我应接不暇。我并不喜欢泡在酒桌，我想说的是，之所以能被各路朋友如此厚爱，不仅仅因为我去的地方普通人难以抵达、成了众人心目中的英雄，可能还因为每个人心里都怀揣着一个梦，都有领略造物主的神奇的渴望。我与朋友们那么熟络，我以个体之渺小，体验了自然之大美，令他们惊讶了、震撼了！与此同时，让他们感到平凡与不平凡的距离并不遥远，梦想与现实仅仅一壁之隔，远方与当下仅仅是一张窗户纸。通过我的故事，朋友们的触角也触碰到了那梦想触不到的地方，她们也都为此激动悸动。她们未必像我一样去探险、去雪山徒步、去跑马拉松，但她们可能会反思自己该怎么活,怎样活出自我,怎样抓紧做自己想做的事儿,怎样带着心灵在有限的人生旅途行走。

　　无论我走得多远，我都不孤独，各种暖心的友情是我精神的支撑和驱动力，我的未来会更美好。

　　当年我从三毛、格瓦拉的经历，渐渐明晰了玩转地球的梦想。近一年来，我又从马拉松、徒步等运动，获得走遍地球、跑遍地球的渴望。我的尼泊尔徒步开启了我生命新的一页，就是说，世界的美妙奇观我可以用脚步去丈量的。自己之所以把徒步、跑马拉松在自己的生命中提升到重要位置，不仅仅是英雄情结起作用，别人能，我也能，甚至超越很多人，做得更好，还应该是源于一种自我实现的愿望。我完成了任何我想完成的项目不值得我骄傲，我所有的成功都不值得我骄傲，值得我骄傲的只有一件事，我在极其艰险的挑战中，我的生命绽放了！

犹如那首歌：曾经多少次跌倒在路上，曾经多少次折断过翅膀，如今我已不再感到彷徨，我想超越这平凡的生活，拥有挣脱一切的力量……

微信照搬

阿光：我们的英雄船长——彬彬，以她62周岁的年龄，以她坚韧不拔的意志，以她对生活的无限热爱，以她良好的心智毅力，以她特有的身体素质，以她多年探险旅行的丰富经验，又创造了常人无法理解的奇迹。让途中遇到的所有人双手称道、刮目相看，让我们这些好姐妹好生惦记和担心，如今她凯旋，令人兴奋不已！

元鹰：彬彬太厉害了！

其次：张老师你现在是我的偶像。

我走我路：有着强大内心的张姐，令群雄折服，厉害、厉害！！！

郭郭：伟大的彬彬，一直在挑战自己的彬彬！

吕虹：英雄凯旋，我们视你简直就是高山仰止。前几天没看到你发的微信，我还在担心，这丫头疯哪去啦？昨天潘静告诉我你回来了，一颗悬着的心才放到了肚子里。黑了、瘦了、添皱了都没关系（我去趟墨西哥还黑了很多），开启了生命的新高度非常了得！不过还是要悠着点儿，现在开始养精蓄锐，迎接波士顿的马拉松。有危险的运动就此打住吧。你已经够我们骄傲几十年了！

　　梅兰：有这么多真心关注欣赏你的朋友，此生何求？

　　宋虹：厉害呀，老能出彩。

　　Shining：张阿姨你好棒！

尼泊尔徒步经验分享

尼泊尔高原徒步是每一位徒步者的梦想，在连绵的雪山、高山峡谷穿梭，是放飞心灵、亲近大自然的顶级挑战。有挑战就有危险，为了助你旅行梦想成真，踏上心中的圣地，特此分享如下，为徒步者提个醒儿。

一、出发、签证和证件

国内来去尼泊尔走陆路可以经由西藏的樟木和吉隆两个口岸，拉萨—口岸—加德满都，这条线路艰苦但成熟，很容易找到车。

国内飞尼泊尔多在成都、重庆、拉萨、昆明中转，直飞加德满都，从昆明中转 3.5 小时，2000—3000 元机票。

尼泊尔落地签，无费用。

徒步登山需要办理两个必要证件 TIMS、ACAP：环保和进山，在尼泊尔旅游局办理，各需 2000 尼币。

二、高原反应

随着尼泊尔徒步人数急剧上升，高原病数量快速增长，据喜马拉雅救援协会统计：去年，仅仅尼泊尔 Manang 地区的徒步者就有 400 多例高原病记录。

在高海拔地区上升速度过快是造成这一现象的主要原因之一。在 Manang，已经建有一条可以直接到达海拔 3756 米 Khangsar 村的道路，徒步者可以开车或骑摩托车，在短时间内达到一个较高的海拔。在 Lo Manthang，Mustang 地区也有一条连接 Jomsom 和各徒步中转枢纽的道路。很多徒步者坐车到高海拔山区，第二天就前往海拔 4919 米处的 Tilicho 湖或去海拔 5416 米的 Thorong La Pass。这就成为造成高原反应的一大隐患。

海拔一般达到 2700 米左右时，由于气压差、含氧量少、空气干燥等的变化，人体就会有高原反应。如大脑肿胀（高空脑水肿，HACE）或肺部液体积聚（高空肺水肿，HAPE）等，严重时会有生命危险。如果缓慢步行上升，情况就会好一些。不休息一直上升非常危险。高原反应必须重视，但又没有那么可怕，只要多加注意，不要受凉感冒，就没什么大问题。出现头晕、嘴唇发青、脸上浮肿都属正常，一般不用服药，有个三五天也就适应了。

下山时如果海拔下降幅度过大会造成"醉氧"，这也是一种很危险的高原反应。必须逐级下山，每到一个高度休整一下，适应后再向下徒步，就会避免醉氧。

三、热门线路

尼泊尔徒步运动已经有 70 多年历史，徒步线路很多，只要出发，双腿就是唯一的交通工具。徒步的路线从 1 天、4 天、8—9 天，到 25 天不等，丰俭随意。下面的徒步天数以旅行社报的时间作参照。

1.ACT：大环线，可抵达海拔 5416 米的陀龙垭口，预计 20 天。

2.ABC：环绕鱼尾峰的小环线，可到 4310 米处看日照金山，预计 9 天。

3.Poon Hill：布恩山小环线，预计 4 天。

4. Tilicho lake：世界上海拔最高的冰湖。

5. EBC：这是一条到珠峰大本营的徒步线，预计 20 天。

四、徒步季节

尼泊尔在喜马拉雅山脉的南坡，受印度洋季风气候的影响，5—9 月为季风季，多雨，9 月雨量减少，晴天次数增加，10—11 月是最好的季节，天气多晴朗，可以看日出、日落、星空。12 月后会比较寒冷。

我们是在 12 月下旬至 1 月中旬，是徒步淡季，山上寒冷，遇雨也遇雪，但人少、住宿免费、风光格外壮阔，别有一种独特体验。

五、装备

尼泊尔徒步每隔几公里就有客栈，可供徒步者吃住。然而，因海拔高、高原气候恶劣、早晚温差大，客栈住宿房间没有取暖设备，带好足够的防寒装备和衣物尤为重要。

1. 保暖指数在零下 10 摄氏度左右的轻便睡袋，既卫生又保暖。

2. 背包（女 50 升以上，男 60 升以上）加防雨罩，我买的是小鹰牌的，很结实耐用。如果雇佣背夫，那就可以随意了。

3. 登山杖：对于远足者来说，登山杖可探路、可支撑、可减轻膝盖负担、可增加稳定性，很重要。

4. 登山鞋：要专业的中高帮的登山鞋，防寒、防水、抓地好。路上有沼泽、河流和乱石滩。

5. 护腿：防止往鞋里进碎石子，保暖。

6. 头灯：山上经常停电，起早徒步或者到山顶看日出都需要头灯。

7. 保温水壶：1.5 升至 2.5 升。高原客栈没有瓶装水，只能买烧开的水。

8. 眼镜：墨镜、雪镜。

9. 衣服分层携带，从里到外依次：速干衣裤打底、抓绒衣裤取暖、轻便羽绒衣、防水防风的冲锋衣裤。

10. 棉手套、百变巾、毛帽子、毛围巾、袜子。

11. 洗漱用品、拖鞋、防晒霜（高倍）、唇膏。

12. 药品：感冒药、胃药、拉肚子药、创可贴、速效救心丸。

13. 食品：干果、牛肉干、火腿肠、方便面、榨菜、巧克力等。

六、导航、手机卡和现金

1. 如没有专业导航，手机下载个离线地图，记下关键城镇名称。这个 APP 可以显示两地之间的海拔变化，手机有 GPS 就能用，重要性怎么强调都不为过。

2. 手机卡在加德满都或者博卡拉或者网上办理 Ncell，购买流量，1 个月 1 个 G，只要 60 元人民币。

3. 尼泊尔国家代码为 00977，加德满都区号为 01，博卡拉区号为 61，如需国际漫游请致电客服开通（仅联通、移动），也可在尼泊尔当地购买手机卡用于电话、上网等，或使用当地电话（国际长途 7 尼币 / 分钟）。

4. 去 ACT，提前准备至少 30000 尼币现金，因为路上没有 ATM。有几台 ATM 的 Jomsom，没有一个能成功取出现金的。尼泊尔官方货币为卢比，人民币与卢比的比价约为 1∶15，您也可以使用美金兑换卢比，美金与卢比的汇率约为 1∶90。兑换后，请务必保管好发票，这样你可以将多余的卢比在离开尼泊尔前兑换成美金或人民币。当然如果您在尼泊尔大的购物商场购物时也可使用信用卡，如：VISA（维萨卡）或 Master Card（万事达卡），但刷卡消费商场一般会收取消费金额的 3.5% 作为手续费。

七、住与行

1. 体力不足的徒步者，可雇佣背夫，每天 100 多人民币即可。有的背夫可兼做向导。

2. 徒步路线上的补给点很多，尼泊尔本身就是高山国家，山上自古就有村落。民居客栈盈利主要在食品和饮料。ACT 大环线淡季时人极其少，客房免费。

3. 当地电压为 220—240 V，插座为两相圆头，有的地方有电源转化插头，有的地方需自备电源转换插头。

八、文化禁忌

1. 从宗教上来看，尼泊尔有很多印度教的寺庙是不允许异教徒进入的。在获得许可进庙后，要脱鞋，还要脱掉身上任何皮制的东西，如皮带、皮包等。

2. 请勿触摸寺庙内的任何供品及前往神龛的信徒，请按顺时针方向参观寺庙。

3. 在尼泊尔，火是非常神圣的，所以不要将垃圾丢进火中。

4. 和很多南亚国家一样，在尼泊尔，"头"被认为是非常高贵而神圣的，所以不要去摸小孩的头。

5. 在尼泊尔与人打招呼时，与男性可以握手，但与妇女只许双手合十，道上一声"Namaste"即可。

6. 尼泊尔人的着装比较保守，所以女士们切忌穿吊带衫等比较暴露的服装。

7. 很多旅客喜欢骑在神像、神兽上面拍照，虽然尼泊尔人不会认为你这样是冒犯神灵，但还是应该尊重他们的信仰。

8.一般来说，寺庙、佛塔、纪念碑都允许拍照，但拍照前最好问一下有关人员，获得准许后再拍照。

以上分享主要以我们12月、1月徒步为准，若是其他时间徒步，可进一步做功课，到有关网站查看攻略。徒步对体能要求较高，体力不支者建议慢行，每到一个驻地休整好再继续。感冒及身体不适者请谨慎，咳嗽很容易引起肺水肿，危及生命。

后　记

　　儿子自幼生长在旅行之家，21 岁便与母亲单车无后援横跨欧亚，远征北极，驱车 15 国，跨越 11 个时区，母子被评为当年新浪新生活主义代表人物。随后，年轻气盛的他自驾车进藏、爬野冰川、独闯墨脱、驾车环游美国。近年迷上马拉松、百公里越野、铁人三项。2017 年岁末之际，儿子决定到喜马拉雅山脉最美的安纳普尔纳徒步，问我去不去。

　　我怎能经得住诱惑呢？担心是有的，把自己扔进亿年不化的雪山，又是寒冷、人少的淡季，还要翻过比珠峰大本营海拔还要高的 5416 米的陀龙雪山垭口，自己能行吗？可别成了儿子的累赘呀！不过，想到跟着儿子去探险，幸福还来不及呢，还顾得了许多吗？儿子小时候，我带着他去旅行，如今儿子大了，带着我四处挑战。我们母子一起做加勒比海的金牌体验官；一起驾车环游美国弗罗洛里达州、北美洲中东部的五大湖；一起完成我的首次北京马拉松，一起跑芝加哥马拉松；如今又能一起徒步雪山，我是天底下最幸福的母亲。

　　此次徒步，是我人生中最正确的选择。在儿子的主导下，不雇向导，不雇背夫，重装而行。

　　安纳普尔纳地区覆盖面积超过 7600 平方公里，适宜徒步的季节只有 5 个月，新年伊始是很少有人前往的，很多客栈关闭，开业的客栈都是免费的。

　　这是一次孤军的深入，是一次陌生的行走，是一次未知的挑战。一路上的艰辛不必说，只要遇到各种肤色的徒步者，都会无比惊愕、无比惊喜，惺惺相惜，被彼此的探险胆识和坚韧态度深深感染。

　　走过了，永生难忘。喜马拉雅山脉是雪的王国，作为世界十大徒步线路之首的 ACT 大环线和 ABC 等三条短线，美到令人窒息。

　　地球上海拔 8000 米以上的 14 座山这里占着 8 座，7000 米、6000 米以上的山触目皆是。人行其间，仿佛在群山的岛屿中漂浮，一重重绿的山、银的山、金的山近在咫尺，如梦如幻。无论是攀爬冰峰，还是徒步河谷，峭壁上形单影只的枯树，山顶上大片盘旋鼓噪的乌鸦，冰川泻下的碧绿的湖水，山川地貌的多样性，从低地丘陵的梯田与茂盛植被到高寒莽野的雪山冰川，无不令人惊叹。土著人坦率的性格和融在眼里、挂在唇边的真诚微笑都在诉说着妙不可言的境遇。以个人之渺小，体验自然之大美，顺服天地，敬畏自然，还有什么比这种天人合一更令人神往的呢？

　　我们所经之地，即使闭着眼睛按快门，每一张照片都是绝尘的风景画。

　　毫不夸张，此行比以往任何旅行都更深地触动我的心灵。非常态的特殊境地，更能磨砺人的筋骨、滋养人的精神。我为我的坚韧不拔而自豪，更为儿子的茁壮成长而感到作为母亲的骄傲。

　　我的信马由缰的文字，儿子不畏艰险拍摄、剪辑的视频短片，是美丽的造物主送给我们的最高奖赏，也是我们向所有热爱徒步、热爱生命、热爱大自然的读者的长情告白。

> 把太阳的颜色
>
> 窃为己有，
>
> 两片高原红
>
> 红个透。
>
> 把地球的喘息
>
> 踏出节奏，
>
> 心中有了内河流。
>
> 秒针划过时空
>
> 嚓嚓的脚步声
>
> Let's go！
>
> 音频交给空谷
>
> 大音希声
>
> 将悠悠的远古穿透。
>
> 记忆的光年
>
> 回到人间
>
> 才重拾接收。

走过了雪山
周身镀满核的力。
字典里
只裂变欢乐
再不须杜康解忧。

张彬彬

2019 年 7 月 15 日